로드마크

* 일러두기
각 장의 제목은 '2'와 '1'로 구성되었으며, '2'부터 시작됩니다.

ROADMARKS
로저 젤라즈니 지음 · 박은진 옮김
GAS
24
STATION
GAS
로드마크
달다

"차 세워요!" 레일라가 소리쳤다.

랜디는 즉시 핸들을 오른쪽으로 꺾어 차를 세웠다. 동트기 전의 하늘이 진줏빛을 띠면서 번개가 치듯 번쩍였다.

"갓길 따라 후진해요."

랜디는 고개를 끄덕이고 후진 기어를 넣었다.

"저 차요? 그럼 걸어가도 되는데 굳이……."

"차에서 내리기 전에 저들을 자세히 보고 싶어서 그래요."

"알았어요." 랜디는 그렇게 말하면서 차를 서서히 후진시켰다.

레일라는 몸을 돌려 낡아빠진 회색 자동차를 바라보았다. 차에는 두 사람이 타고 있었다. 둘 다 백발로 보였지만 밖이 아직 어슴푸레해 확실하지는 않았다. 두 사람 다 레일라를 바라보는 것 같았다.

"곧 운전석 문이 열릴 거예요." 레일라가 나지막이 말했다.

운전석 문이 열렸다.

"이번엔 조수석 문."

조수석 문이 열렸다.

"할아버지가 운전 중이었고 할머니가 조수석에 타고……."

그때, 두 노인이 차에서 내려 문을 열어둔 채로 앞으로 걸어왔다. 그들은 누더기 같은 천을 몸에 휘감아 띠로 묶은 남루한 차림새였다.

"멈춰요." 레일라가 말했다. "가서 저분들을 도와줍시다. 저 차 배전기 캡이 풀렸거든요."

"예지력 같은 거예요?"

"아니요."

레일라는 차 문을 열고 나와 노인들 쪽으로 걸어갔다. 랜디도 뒤를 따랐다. 두 노인에게 가까이 다가가면서, 랜디에게 가장 먼저 든 생각은 차를 몰기에는 할아버지의 나이가 너무 많아 보인다는 거였다.

할아버지는 구부정한 몸을 차에 기대었는데, 차를 짚지 않은 한쪽 손이 살짝 떨렸다. 마치 새의 발톱처럼 지나치게 바싹 마르고 검버섯투성이었다. 얼굴에는 주름이 가득했고 눈썹은 머리카락만큼이나 하얬다. 그때, 할아버지의 시선이 랜디를 붙잡더니 가만히 움직이지 않았다. 두 사람의 눈이 마주친 순간 눈에서 녹색 불꽃이 번쩍였다. 삼 미터쯤 떨어져 있었다면 알아차리지 못했을 것이다. 랜디는 할아버지에게 미소를 지어 보였지만 돌아오는 반응은 없었다.

그사이 레일라는 할머니에게로 다가가 랜디가 모르는 언어로 대화를 나누고 있었다.

"보닛을 좀 열어볼 수 있을까요?" 랜디가 말을 꺼냈다. "도움을 드릴 수 있을 것 같은데요."

할아버지가 아무 대답이 없자, 랜디는 포어토크로 다시 물었다. 역시 반응이 없었다.

노인은 랜디의 얼굴, 옷, 움직임을 살피는 것 같았다. 이상스러울 만큼 뚫어지게 쳐다보는 시선이 불편해서, 랜디는 레일라에게 애원하는 눈빛을 보냈다.

"괜찮아요. 가서 보닛 열고 손봐요. 이분들은 작동 원리 같은 것 잘 몰라요. 난 지금 연료에 관해 설명하고 있어요."

잠금장치를 풀려고 몸을 숙인 랜디의 눈에 할머니에게 두툼한 돈뭉치를 건네는 레일라의 모습이 보였다. 보닛이 조금 열리자, 할아버지는 뒤로 물러섰다. 랜디가 보닛을 활짝 열어젖혔을 때 뒤에서 할아버지의 짤막한 탄성이 들려왔다.

정말로 배전기 캡이 느슨해져 있었다. 랜디는 캡을 제자리에 맞춰 꽉 죄었다. 엔진의 다른 부분도 한번 훅 훑어보니 별 이상이 없어 보였다.

"지금 시동 한번 걸어보시겠어요?"

랜디가 고개를 들자, 할아버지가 미소를 지었다.

"제 말을 이해하시는지 모르겠네요. 지금 시동을 좀 걸어 봤으면 해요." 그러나 상대가 미동도 대답도 없자, 랜디가 다시 말했다. "제가 해볼게요."

랜디는 할아버지를 빙 돌아 차 안을 들여다보았다. 차 키는 그대로 꽂혀 있었다. 랜디는 미끄러지듯 들어가서 시동을 걸어보았다. 잠시 후, 시동이 걸렸다. 시동을 끄고 차에서 내린 랜디는 할아버지에게 웃으면서 고개를 끄덕였다.

"자, 이제 됐습니다."

할아버지가 와락 달려들어 랜디를 꽉 끌어안았다. 놀랄 만큼 강한 힘이었고 볼에 닿는 노인의 입김이 매우 뜨거웠다.

"이름이 뭔가? 착한 양반. 자네 이름 말이야." 할아버지가 물었다.

"랜디예요. 랜디 도라킨입니다." 랜디는 할아버지 품에서 빠져나오며 대답했다.

"도라킨. 좋은 이름일세."

레일라가 어느새 차량을 빙 둘러보고 나서 그들 뒤에 섰다. 할머니가 레일라를 따라왔다.

"이분들은 괜찮을 거예요." 레일라가 말했다. "서둘러요. 우린 지금 바빌론으로 가는 마지막 출구로 가야 해요."

레일라가 할아버지에게 쉭쉭 소리를 내며 무언가를 말하자, 할아버지는 고개를 끄덕였다. 레일라는 할머니를 오래도록 껴안고 나서 차 쪽으로 발걸음을 돌렸다. 랜디도 재빨리 따라갔다. 랜디가 힐끗 돌아보니 두 사람은 이미 차에 올라타 있었다. 엔진 돌아가는 소리가 들려왔다. 두 노인이 탄 차는 어느새 로드로 나가 이내 사라졌다. 때마침 해가 모습을 드러내, 랜디는 레일라가 울고 있다는 걸 알았다. 랜디는 못 본 척했지만 이상한 기분에 휩싸였다.

레드 도라킨의 차는 로드의 한적한 구간을 달리고 있었다. 일직선으로 뻗은 로드는 죽은 듯이 조용하고 희미하게 빛나고 있었다. 몇 시간 전에는 미래형 자동차 두 대가 엄청난 속도로 레드를 앞질러 갔고, 잠시 후 이번에는 레드가 사두마차와 혼자 말을 타고 가는 남자를 차례대로 추월했었다. 레드는 파란색 도지 픽업트럭을 오른쪽 차선에서 시속 백 킬로미터를 유지하며 주행했다. 그는 담배를 오물거리며 콧노래를 흥얼거렸다.

옅은 푸른빛 하늘에 눈부시게 밝은 굵은 빛줄기가 동쪽에서 서쪽을 가로질렀다. 차 앞 유리에는 먼지라 할 만한 것도, 부딪혀 떨어진 벌레도 없었다.

레드는 창문을 내리고 왼손으로 문틀 윗부분을 꽉 잡은

채로 운전하고 있었다. 빛바랜 야구 모자를 푹 눌러쓰는 바람에 고개를 살짝 젖혀 녹색 눈이 모자챙 아래 반쯤 가려져 있었다. 머리카락도 턱수염도 불그스름했는데, 턱수염 색이 조금 더 짙어 보였다.

저 멀리 작은 점 하나가 나타났다. 점은 순식간에 커지더니 차츰 낡디낡은 검은색 폭스바겐으로 변했다. 그 차는 레드 옆을 스쳐 지나가면서 경적을 마구 울려대더니 갓길로 이동해 멈춰 섰다.

레드는 사이드미러를 흘끗 보고 브레이크를 밟으며 차를 오른쪽으로 서서히 이동시켰다. 레드가 속도를 줄이는데, 하늘도 푸른색, 회색, 푸른색, 회색으로 바뀌며 요동치기 시작하더니 빛줄기가 서서히 희미해지다 마침내 사라졌다.

레드가 차를 완전히 멈춰 세웠을 때는 어느새 사방에 저녁 어스름이 깔려 있었다. 어디선가 멀리서 귀뚜라미 소리가 아득히 들려오고 시원한 바람이 살랑 불어왔다. 레드는 차 키를 홱 뽑아 주머니에 넣으면서 차 문을 열고 운전석에서 내렸다. 그는 리바이스 청바지에 군화, 카키색 작업용 셔츠 위에 갈색 스키복 조끼를 걸치고, 디자인이 정교한 버클형 와이드 벨트를 착용하고 있었다. 레드는 모자를 뒤로 돌려 쓰고 잠시 걸음을 멈춰 담배에 불을 붙인 후 몸을 돌려 갓길을 따라 걸었다.

로드를 가로지르는 건 분명 치명적인 위험을 무릅써야만 하는 일이었다. 그래서 레드는 로드를 사이에 두고 폭스바겐 바로 맞은편으로 갔다.

그러자 폭스바겐 문이 열리고 짧은 콧수염의 키 작은 남자가 모습을 드러냈다.

"레드!" 남자가 소리쳤다. "레드……?"

"무슨 일이야, 아돌프?" 레드도 큰 소리로 답했다. "아직도 자네가 이긴 장소를 찾고 있나?"

"레드, 잘 들어." 남자가 말했다. "이걸 자네에게 알려줘야 할지 말아야 할지 망설였네. 자네가 너무너무 싫긴 해도 자네에게 빚진 게 있으니까 말이야. 또 한편으로는 이걸 가르쳐 주는 게 자네에게 좋은 일이 될지 나쁜 일이 될지 그것도 모르겠고. 그러니까 내 말은, 이제 계산은 끝났단 얘기야. 알겠나? 이제 말해줄게. 내가 아까 로드 저 아래에 있었는데, 거기서 블루 지구라트라고 표시된 출구에서 일어난 일을 봤어."

"블루 지구라트?"

"블루 지구라트였어. 거기서 자네 트럭이 전복되는 걸 봤어. 트럭이 폭발하더군."

레드 도라킨은 잠시 아무 말이 없더니 피식 웃음을 터뜨렸다.

“죽음의 신이 여길 지난다면 좀 당황스러워하겠군. ‘이 남자는 바빌론으로 가는 마지막 출구에서 나와 만나기로 해놓고 테미스토클레스* 시대의 아테네에서 뭘 하는 거지?’라고 한마디 하겠는데.”

레드가 다시 웃자 건장한 체구가 흔들렸다. 레드는 담배 연기를 내뿜고는 오른팔을 들어 거수경례 시늉을 냈다.

“하여간 고맙네. 알아두면 좋겠지.”

레드는 몸을 돌려 트럭 쪽으로 발걸음을 옮겼다.

“한 가지 더.” 아돌프가 레드의 등 뒤에서 소리쳤다.

레드는 멈춰 서서 고개를 돌렸다.

“뭔데?”

“어쩌면 자네는 대단한 사람이 될 수 있었을지도 몰라. 조심히 가게나.”

“Auf wiedersehen(다시 만나세).”

레드는 운전석에 올라타 시동을 켰다. 이윽고 하늘은 다시 푸른빛을 띠었다.

---

* 페르시아 전쟁의 승리를 이끈 그리스 아테네의 장군이자 정치가.

부서진 도시의 스카이라인 위로 날이 밝아올 때, 스트랭귤레나가 이스트강에 떠 있는 바지선 위에서 몸을 뒤척였다. 스트랭귤레나는 덮고 있던 모피를 살포시 밀어내고 이마 위로 흘러내린 붉은 머리카락 한 올을 쓸어 넘겼다. 그런 다음 목부터 어깨, 젖가슴의 민감한 부분을 손끝으로 건드려보았다. 남자가 쏟은 열정의 흔적들이 또렷이 눈에 들어왔다. 그녀는 싱긋 웃으며 손가락을 오므려 쥐고는 천천히 왼쪽으로 돌아누웠다.

건장한 체구에 동트기 전 새벽만큼이나 어두운 피부색인 토바가 오른손으로 턱을 괸 채 스트랭귤레나를 바라보면서 활짝 웃어 보였다.

"어머나! 안 잤어요?" 스트랭귤레나가 말했다.

"사랑을 나누고 옆에서 깜빡 잠이 든 남자를 백여 명이나 목 졸라 죽인 여자 옆에서 잠들 수가 있나?"

스트랭귤레나가 눈을 흘겼다.

"그럼, 알고 있었네요! 처음부터 눈치챘군요. 나를 속였어!"

"역시 각성제가 신의 한 수였어!"

스트랭귤레나는 미소를 지으며 기지개를 켰다.

"당신은 무척 운이 좋은 거예요. 사실 난 남자들이 잠들 때까지 기다리지 않거든요. 주로 특정한 순간을 노리는데, 말하자면 남자들이 절정을 맛보는 그 순간 죽음에 이르는 거죠. 그때 내가 건축물에 정신만 팔리지 않았어도 당신도 알게 되는 건데. 그런데……."

스트랭귤레나가 손을 뻗어 조종장치를 능숙하게 만졌다. 그러자 바지선이 조용히 움직이기 시작했다.

스트랭귤레나가 반대편으로 돌아누웠다.

"햇살이 폐허가 된 맨해튼을 비추는 것 좀 봐요! 정말이지 난 폐허가 너무 좋아요!"

스트랭귤레나는 벌떡 일어나 앉더니 나무를 깎아 윤을 낸 길고 네모난 틀을 집어 들었다. 그리고 팔을 쭉 뻗어 그 나무 프레임 너머로 밖을 바라보았다.

"저기 봐요, 저 건물들……. 구도가 꽤 그럴듯하지 않아요?"

토바가 몸을 일으켜 상체를 앞으로 숙였더니 턱이 스트랭귤레나의 왼쪽 어깨를 살짝 스쳤다.

"어, 뭐, 멋지네."

스트랭귤레나는 왼손으로 자그마한 카메라를 들고 보았다가 나무 프레임으로 보았다가, 몸을 앞으로 숙였다가 뒤로 젖혔다가 하더니 버튼을 꾹 눌렀다.

"됐어."

스트랭귤레나는 나무 프레임과 카메라를 오른쪽에 내려놓았다.

"그림 같은 폐허를 보면서 일생을 보내고 싶어요. 사실, 그렇게 살고 있긴 하죠. 거의 대부분은. 폐허는 물위에서 바라볼 때가 최고예요. 눈치챘어요?"

"듣고 보니……."

"그거 알아요? 당신은 믿을 수 없을 만큼 멋졌어요. 누더기를 걸치고서 해안가에서 쓰레기를 뒤지고, 씻지도 않고 글자도 모를 것 같은 것이, 쇠퇴한 문명의 산물 같은 당신이, 물위를 표류하던 그 순간 내 눈을 사로잡았죠. 결국 날 속인 거였지만. 정체가 뭐죠? 고고학자?"

"음, 그게……."

"…… 게다가 나에 대해서도 알고 있었고. 오른팔을 이렇게 들고 고개도 들어요."

스트랭귤레나는 배를 깔고 엎드리더니 오른팔을 올려 토바의 손을 꽉 움켜잡았다.

"자, 토바 씨, 목숨 걸고 힘껏 밀어봐요. 정말 그럴지도 몰라요."

"이봐, 지금……."

토바의 팔이 뒤로 꺾이기 시작했다. 토바는 긴장한 모습으로 움켜쥔 손을 있는 힘껏 꽉 잡았다. 아주 잠깐 움직임이 멈췄다. 그때, 몸이 왼쪽으로 기울었다. 토바는 어금니를 질끈 깨물었다. 순간 토바의 팔이 단숨에 갑판 위로 내리눌리며 몸이 뒤로 벌렁 나자빠졌다.

스트랭귤레나는 토바를 내려다보며 웃었다.

"왼팔로도 해볼래요?"

"아니, 괜찮아. 저, 당신에 대해 들은 말들 모조리 믿어……. 당신은 취향이, 뭐랄까, 이국적이고, 그걸 만족시킬 만큼 꽤 강한 여자야. 난 말이지, 자신이 원하는 게 있으면 꼭 손에 넣고야 마는 사람을 존경한다고. 당신을 만나려면 이 방법밖에 없었어. 당신이라면 절대 놓칠 리 없는, 평생 한 번 올까 말까 한 제안이 나한테 있는데."

"근사한 폐허를 볼 수 있는 건가요?"

"아무렴. 믿어도 돼!" 토바가 얼른 대답했다.

"…… 괜찮은 남자도요?"

"끝내주는 녀석이 있지!"

스트랭귤레나는 토바의 손을 덥석 잡고 벌떡 일으켜 세웠다.

"저 부서진 탑에 햇살 비치는 것 좀 봐요. 어서!"

"정말 끝내주는군!"

"그 남자 이름이 뭐죠?"

"도라킨. 레드 도라킨."

"많이 들어본 이름인데……."

"발이 넓은 사람이니까."

"그림같이 멋있나요?"

"두말할 필요도 없지."

"난 상아로 무늬를 넣은 새 바지선을 몰고 싶은데……."

"알았어, 알았어. 봐! 저 다리 잔해 사이로 새어 나오는 빛줄기!"

"카메라 좀 빨리 줘봐요! 토바, 당신 정말 복받은 사람이네요."

"이미 알고 있어."

백미러에 비친 작은 불빛이 점점 커지며 반짝이는 걸 보고 레드 도라킨은 나직이 욕을 했다.

"무슨 일 있어요?" 대시보드에서 허스키한 목소리가 흘러나왔다.

"어? 켜놨는지 몰랐네."

레드는 오른손을 컨트롤 노브 쪽으로 내밀었다가 거둬들였다.

"켜둔 게 아닙니다. 제가 직접 회로를 작동시켰어요."

"그런 게 된다고?"

"지난달에 카드 게임에서 내가 이겨서 정비 기회를 얻었었는데, 기억나세요? 그때 은행 잔고에 아직 충분히 여유가 있어서 추가 회로를 설치했어요. 저의 역량을 넓힐 때가 왔다고 생각했거든요."

"한 달 동안 쭉 내 말을 엿들었다는 거야?"

"네. 혼잣말이 참 많더군요. 재밌었어요."

"뭔가 조치를 취해야겠군."

"저와 카드 게임을 안 하시면 되죠. 다시 물을게요. 무슨 일 있는 거죠?"

"경찰차 때문에. 빠르게 다가오고 있어서. 뭐, 그냥 지나쳐 갈지도 모르지. 안 그럴 수도 있고."

"때려눕힐 자신 있어요. 싸울래요?"

"절대 안 돼! 잠자코 있어, 플라워스. 어떤 일에는 시간이 필요한 법이야."

"이해가 안 되네요."

"급할 것 없거든. 안 되면 다시 하면 돼. 아니면 다른 방법을 써보면 되는 거고."

레드의 시선은 다시 백미러로 향했다.

눈물방울 모양의 반짝이는 차량은 추월차선을 달리며 이제 바싹 다가와 있었다. 속도를 늦춘 듯 보였지만 간격은 좁혀지기만 했다.

"아직도 이해가 안 돼요."

레드는 성냥개비를 엄지손톱으로 긁어 담배에 다시 불을

붙였다.

"알아. 걱정하지 마. 그리고 무슨 말이 오가든 넌 빠져 있어."

"알겠습니다."

레드는 슬쩍 옆을 보았다.

경찰차는 이제 레드의 차를 따라잡아 옆에서 나란히 달리고 있었다. 레드는 한숨이 나왔다.

"멈추라고 하든지 지나가든지 하라고, 이 빌어먹을 놈아! 우리 둘 다 장난치고 놀 나이는 한참 지났다고!" 레드가 중얼거렸다.

대답이라도 하듯이 사이렌이 울렸다. 빛나는 차 지붕 위로 둥그런 것이 솟아오르더니 핏발 선 눈 같은 램프를 깜박거리기 시작했다.

레드는 운전대를 꺾어 차를 로드의 갓길로 뺐다. 또다시 하늘이 어두워졌다 밝아졌다 더 어두워졌다 밝아졌다 하며 요동치기 시작했다.

차가 완전히 멈춰 섰을 때, 레드의 오른쪽에서 아침 해가 지평선 위로 막 떠오르고 풀잎에는 서리가 하얗게 내려앉으며, 새들이 지저귀고 있었다.

그 반짝이는 차량이 레드의 차 앞에서 멈춰 섰다. 차 문이 양쪽으로 열리더니 회색 제복을 입은 경찰관 두 명이 내려 레드를 향해 걸어왔다.

레드는 시동을 끄고 꼼짝도 하지 않고 앉아 있었다. 커다란 구름 같은 담배 연기만 훅 내뿜었다.

차를 몰았던 경찰관이 레드 옆으로 다가왔다. 다른 한 명은 트럭 뒤쪽으로 갔다.

경찰관이 차 안을 들여다보았다. 경찰관의 얼굴에 엷은 미소가 떠올랐다.

"세상에, 이런 이런!" 경찰관이 말했다.

"안녕하시죠? 토니."

"레드, 자네인 줄은 몰랐군. 자네가 불미스러운 일에 연루돼 있지 않았으면 좋겠네만."

레드는 어깨를 으쓱했다.

"뭐, 이것저것 조금씩 하는걸요."

"토니!" 차 뒤에서 부르는 소리가 들렸다. "와서 이것 좀 봐야겠는데."

"음……, 레드, 차에서 내려주면 좋겠네."

"그러죠."

레드는 차 문을 열고 내렸다.

"뭔데 그래?" 토니가 뒤쪽으로 걸음을 옮기면서 물었다.

"이것 봐."

경찰관은 방수포 한 귀퉁이를 풀어 들어 올리더니 다른 쪽도 마저 풀기 시작했다.

"뭔지 알겠군. 20C 라이플 총 M-1s야."

"그래, 나도 알지. 이게 다 뭔 줄 아나? 브라우닝 자동 라이플에, 수류탄 한 상자에, 탄약도 엄청 많군."

토니가 한숨을 쉬며 레드 쪽을 돌아보았다.

"잠깐만, 내가 맞춰보지." 토니가 말했다. "자네가 어디로 가는지 알겠어. 아직도 마라톤전투에서 그리스인이 이겨야 한다고 믿고 그들을 도우려고 하는군."

레드는 얼굴을 찡그렸다.

"왜 그렇게 생각하죠?"

"자네가 전에 그 일에 두 번이나 휘말린 적이 있으니까."

"그런데 지금 나를 멈춰 세운 건 단순히 우연인가요?"

"그래."

"누가 정보를 흘린 게 아니다, 이 말이죠?"

경찰은 머뭇거리더니 시선을 돌렸다.

"그래."

레드는 담배를 문 이를 드러내며 히죽 웃었다.

"자, 그럼 물건을 들키고 말았는데, 어쩔 셈이죠?"

"우선 모조리 압수해야지. 우리 차로 물건 좀 같이 날라주겠어?"

"영수증은 줄 건가요?"

"이봐, 레드! 이 일의 심각성을 모르겠어?"

"알다마다요."

"좋아. 자네가 그 일을 해낸다면야 아무 일도 없겠지. 그렇지만 결국 자네는 로드에 또 다른 샛길 아니면 출구나 만들게 될 거야."

"그게 무슨 문제라도 됩니까?"

"거기서부터 이동을 시작하는 사람이 생길지 누가 알겠어?"

"토니, 이미 수많은 괴짜들이 이동하고 있잖아요. 우릴 봐요."

"자네는 악당 중의 악당이지. 자네를 모르는 사람이 어디 있겠어. 그건 그렇고 어째서 그 빌어먹을 샛길을 또 내려는 거야?"

"지금은 막혀 있지만 예전에는 거기 길이 있었으니까요. 일련의 상황을 좀 재현해 보려는 거예요."

"그런 게 있었나? 기억 안 나는데."

"아직 그럴 나이는 아닙니다, 토니."

"자네가 몰라서 하는 말이야, 레드. 자네를 도통 이해할 수가 없군. 어서 무기 옮기는 거나 도와주게."

"그러죠."

그들은 총기를 나르기 시작했다.

"이런 일은 그만둬야 한다는 것 자네도 알잖아."

"그걸 감시하는 것도 당신 일인 것 같은데요."

"그건 자네가 신경 쓸 일이 아니지. 자네가 길을 하나 열었다고 쳐. 근데 그게 만에 하나 위험천만하고 사나운 생물체가 잔뜩 도사리는 그런 썩어빠진 장소로 가는 길이라면? 그땐 모두가 곤경에 처할 거야. 이 일에서 그만 손 떼는 게 어때?"

"뭘 좀 찾는 중이라서요. 지금까지 별의별 방법을 다 써봤지만 못 찾았거든요."

"그게 뭔지 알려줄 수 있나?"

"아뇨. 개인적인 일이라서."

"고작 그런 하찮은 변덕을 제멋대로 부리려고 교통 경로를 전부 뒤죽박죽으로 만들겠다고?"

"그래요."

"괜히 물어봤군. 자네를 안 지 사십 년 정도 됐어. 그건 자네에게 다 뭔가?"

"오 년 아니면 육 년. 어쩌면 삼십 년일지도. 잘 모르겠네요. 그동안 업무가 참 많았죠?"

"지나치게 많았지."

"그러면서 새로 생기는 샛길에 대해 그런 생각을 하게 된 거군요."

"사실은 온갖 이론을 알게 됐거든. 자네가 생각하는 것보다 훨씬 복잡하게 얽혀 있다고."

"괜한 소리 말아요! 한때 길이었으면 다시 길이 될 수 있는 겁니다."

"마음대로 해. 하지만 자네가 이렇게 까불고 다니도록 내버려 두진 않을 거야."

"다른 사람들도 다 매일 그렇게 해요. 아니면 왜 일부러 로드를 돌아다니겠어요? 그들이 가는 곳마다 어떻게든 샛길을 바꾸고 있다고요."

토니는 이를 바드득 갈았다.

"나도 알고 있어. 무서운 일이지. 검문소를 세우든지 해서 전체를 좀 더 통제해야겠어……."

"하지만 로드는 항상 여기 있었고, 로드를 이동할 수 있는 우리도 마찬가지죠. 알다시피 세상도 로드도, 아멘, 창조에서 파멸로 계속 가고 있잖아요. 도대체 하고 싶은 말이 뭡니까?"

"자네를 안 지 사십, 아니 어쩌면 삼십 년이거나 오 년, 육 년 됐을지도 모르지. 그동안 자네는 하나도 안 변했군. 자네에게 모든 걸 말해줄 수는 없어. 뭐, 물론 우리가 교통을 모두 통제할 수도 없고 자질구레한 변화까지 막을 수는 없다는 것 알아. 하지만 중요한 흐름은 주의 깊게 살펴볼 수 있고 그렇게 하고 있지. 자네는 늘 큰일에 연루되어 있더군. 좋은 말로 한번 더 경고하고 보내주겠네."

"당신이 할 수 있는 거라곤 그것뿐이잖아요. 잘 아실 테지만. 내가 이 장비를 가지고 어디로 가는지 모르잖아요. 압수하고 설교하고, 잠시나마 나를 성가시게 할 수는 있겠지만, 그래 봤자 오래 못 갈걸요. 게다가 당신이 이렇게 날 신경 쓰는 건 다른 속셈이 있어서란 걸 나만큼이나 본인이 더 잘 알 텐데요. 이건 정책도, 치안 유지도 뭣도 아니라고요. 뭔가 특별한 이유로 당신은 나를 콕 집어 괴롭히는 거예요. 누군가 날 증오하고 있고, 난 그게 누군지, 왜 그러는지 알고 싶을 뿐입니다."

토니의 얼굴이 벌겋게 달아올랐다. 다른 경찰관이 수류탄 한 상자를 들고 곁을 지나갔다.

"레드, 자네는 피해망상에 사로잡혀 있어."

"그럴 리가요. 나한테 힌트 좀 줄래요?" 레드는 상대에게서 시선을 떼지 않은 채 성냥을 탄약 상자에 그어 담배에 불을 붙였다.

"그게 누굴까요?"

토니는 동료를 힐끗 보고 나서, "서둘러. 나머지 것들도 마저 옮겨 실어야지" 하고 말을 돌렸다.

남은 무기를 나르는 데 십 분이 더 걸렸다. 일이 끝나자, 그제야 레드는 자신의 트럭으로 돌아갈 수 있었다.

"좋아. 어쨌든 난 경고했네." 토니가 말했다.

레드는 고개를 끄덕였다.

"…… 그리고 몸조심해."

레드는 다시 천천히 고개를 끄덕였다.

"고마워요."

레드는 그들이 반짝이는 차량에 올라타 서둘러 떠나는 모습을 지켜보았다.

"이게 다 무슨 일이에요?"

"그 사람은 그저 나한테 호의를 베푼 거야, 플라워스. 우리가 위험에 처했다는 걸 알려주려고 찾아온 거지."

"어떤 위험요?"

"그게 뭔지 생각해 봐야겠어. 가장 가까운 휴게소가 어디지?"

"요 앞이에요."

"네가 운전해."

"그럴게요."

트럭은 갑자기 덜컹거리며 움직였다.

사드 후작이 선닥을 따라 거대한 건물 안으로 들어갔다.

"여기 오게 해줘서 정말 고마워요." 후작이 말했다. "그리고 채드윅에게 말하지 않은 것도. 채드윅은 내가 아주 끔찍한 원고 더미에 파묻혀 있는 줄 알거든요. 쿼비에 남작의 가설을 들은 후로 내내 궁금해하며 기대해 왔던 일입니다. 하지만 실제로 보게 될 줄은 꿈에도 몰랐군요."

선닥이 만족스럽게 빙그레 웃고는 사드 후작을 엄청난 규모의 실험실로 데리고 갔다.

"그렇게 말씀해 주시니 감사하네요. 아무 걱정 마세요. 제 작품을 어서 자랑하고 싶군요."

그들은 복도 중앙에 깊게 파인 구덩이 쪽으로 걸음을 옮겨 구덩이 주위를 둘러싼 철제 난간으로 다가갔다.

선닥이 오른손을 들어 손짓하자 아래쪽이 불빛으로 가득 찼다.

그것은 마치 거대한 조각상처럼, 신경 써서 잘 만든 B급 영화 소품처럼, 망상이 실체화되어 눈앞에 나타난 듯이 서 있었다…….

그런 다음 그것이 움직였다. 발을 질질 끌듯 걸으며 빛을 피해 고개를 숙였다. 뒤통수에 반짝이는 금속 조각이 하나, 또 하나가 척추를 따라 더 아래에 드러나 있었다.

"너무 못생겼죠." 선닥은 말했다.

후작이 고개를 저었다.

"이빨 모형이 기가 막히는데요! 훌륭해요!" 후작은 나지막한 목소리로 감탄했다. "이름이 뭔지 한 번 더 말해주겠소?"

"티라노사우루스 렉스입니다."

"딱이네요. 아주 잘 어울려요. 멋집니다!"

후작은 잠시 멈칫하더니 물었다. "이 굉장한 짐승을 어떻게 손에 넣으셨죠? 까마득히 먼 옛날에나 존재했던 걸로 아는데요."

"맞습니다. 그토록 먼 과거에서 데려오려면 장시간 엄청난 속도로 로드 위를 비행해야 해서 핵융합을 동력으로 사용하는 선박이 필요했어요."

"로드가 그 먼 옛날까지 뻗어 있다니…… 정말 놀랍군요! 그런데 저렇게 크고 사나운 걸 무슨 수로 실어 나른 겁니까?"

"실어 오지 않았어요. 제가 파견한 팀이 한 놈을 마취시켜 조직 샘플을 채취해서 십오 년 전쯤에 가지고 돌아왔어요. 여기 있는 건 그 샘플에서 복제한 겁니다. 말하자면, 인공적으로 만들어낸 쌍둥이죠."

"기가 막힙니다! 정말 훌륭해요! 무슨 말인지 통 모르겠지만, 아무 상관없어요. 오히려 모르는 게 더 묘한 매력과 신비로운 느낌을 주니까요. 자, 이제 저 녀석을 어떻게 조종하는지 알려주시겠소?"

"머리와 등에 붙은 저 금속판 보이시죠?"

"보입니다."

"기판을 심어둔 거예요. 엄청난 수의 미세전극이 저 기판에서 생물체의 신경계로 뻗어나가죠. 잠깐만요……."

선닥은 작업대로 걸어가더니 작은 직사각형 상자와 은색 바구니를 손에 들고 돌아와서 보여주었다.

"이건," 상자를 가리키며 선닥이 말했다. "컴퓨터라고 하는데요."

"생각하는 기계죠?"

"아, 계속 보고를 받고 계셨군요. 뭐, 대충 비슷합니다. 이건 추적 장치이기도 하죠."

선닥이 스위치를 누르자 다이얼 뒤로 작은 불이 들어왔다. 소리는 나지 않았다.

"그걸로 저 동물을 마음대로 움직일 수 있나요?"

"더한 것도 할 수 있죠."

선닥은 바구니를 머리에 쓰고 바구니에 달린 띠를 조절했다.

"그보다 훨씬 더한 것도요." 선닥이 말했다. "피드백이 있거든요."

파충류가 고개를 들어 그들을 쳐다보았다.

"…… 나를 내려다보는 두 남자가 보인다. 한 명은 머리에 번쩍거리는 것을 쓰고 있다. 나는 저들에게 손을 흔들 것이다. 오른쪽 앞발로."

공룡이 기괴하고 우습게도 몸집에 비해 작은 앞발을 흔들기 시작했다.

"…… 그리고 이제 나는 큰 소리로 인사를 건넬 것이다!"

멀찍이 떨어진 테이블 위의 장비가 덜커덩거리고, 건물마저 뒤흔들 듯한 고함 소리가 그들 주위로 우르릉 울려 퍼졌다.

"내가 해야겠어요! 꼭 해야겠어요!" 후작이 소리쳤다. "나도 해볼게요! 나도 좀 하게 해줘요!"

선다은 씨익 웃으며 헬멧을 벗었다.

"물론이죠. 조작은 쉬워요. 헬멧을 머리에 이렇게 쓰시고……."

몇 분 동안 공룡은 후작이 조종하는 대로 꼬리를 흔들고 발을 쿵쿵 구르며 구덩이 여기저기를 돌아다녔다.

"지금 내 눈앞에 보이는 것들이 다 저 녀석 눈을 통해 보는 광경이군요!"

"그게 바로 제가 말씀드린 피드백 부분입니다."

"나의, 아니, 공룡의 기운이 엄청나군요."

"오, 그럼요."

몇 분이 더 지난 후, "이 느낌을 정말이지 여기서 끝내고 싶지 않은데" 하고 후작이 말했다. "그래도 넘겨드려야겠죠. 어떻게 끄는 겁니까?"

"아, 그건 이렇게."

선다은 헬멧을 벗기고 제어장치를 껐다.

"이런 막강한 힘은 난생처음 느껴봅니다. 그야말로 천하무적의 무기, 완벽한 암살자가 되겠는데요. 저걸 이용해 도라킨 녀석을 해치우고 당신 주인이 내건 포상금을 요구하면 될 텐데, 왜 안 하는 거죠?"

선다은 껄껄 웃으며 말했다.

"저게 적을 밟아 뭉개버리려고 적의 집결지로 짐작되는 장소를 향해 쿵쿵거리며 로드를 따라 육중하게 움직이는 걸 가만히 지켜볼 수 있겠습니까? 안 됩니다. 저 짐승을 정확히 어디로 데리고 갈지 안다고 해도 교통체계가 손쓸 수 없을 만큼 엉망이 될 텐데요. 저 녀석을 그런 식으로 사용할 생각은 눈곱만큼도 없었어요. 감당하기엔 너무 버겁거든요."

"맞아요, 그렇게 말씀하시니 정말 그러네요. 저 공룡이 주인의 복수를 위해 먹잇감을 기습적으로 덮치는 그런 장면이 머릿속에 꽉 차서……, 잠시 저걸 조종한 뒤라 마음이 들뜨다 보니……."

"음, 그렇겠죠."

"…… 그런데 이건 사실 과학기술의 진보에 있어 큰 공헌을 했다고 볼 수 있지 않습니까."

"전혀요. 여기에 쓰인 기술은 전부 꽤 오래됐어요. 저 괴물을 좌지우지한다고 해서 과학의 발전에 도움 되는 건 없습니다. 저 짐승에 대한 정보 같은 건 있는 그대로의 모습을 관찰하는 것만으로도 손쉽게 얻을 수 있거든요. 저 아래 보이는 건 기분 전환용입니다. 그래서 선뜻 보여드리겠다고 한 거고요. 단순히 재미 삼아 이렇게 하고 싶었거든요. 그게 다예요. 그 자체가 목적인 거죠. 다른 특별한 용도는 없습니다.

아, 제 조수들이 저 짐승의 생리를 연구해서 그 결과를 발표할 겁니다. 뭐, 그렇게 이용하는 것도 나쁘지 않죠. 오랫동안 나름 보람된 일을 해왔으니, 이런 식으로 마음껏 즐겨도 되겠죠. 안 그렇습니까?"

"생각했던 것보다 우린 비슷한 면이 좀 있네요."

"제가 값비싼 사치에 빠져 있어서요?"

후작은 머리를 절레절레 저었다.

"이런 독특한 힘이 주는 맛을 즐기는 분이라서요."

선닥이 손짓하자 구덩이가 어두컴컴해졌다. 난간에서 물러난 다음 시선을 돌렸다.

"맞습니다. 일리 있는 말씀이에요." 선닥은 작업대에서 기어를 원위치에 놓고 후작과 자리를 뜨며 말했다.

"다시 원고 작업하셔야죠."

"아이고." 후작이 탄식하며 말했다. "천국에서 지옥까지 눈 깜짝할 사이군요."

선닥이 웃었다.

"저 녀석은 먹기도 많이 먹는답니다. 그치만 밥값은 하죠."

레드를 태운 차는 자갈이 깔린 구역으로 들어가 통나무로 만든 목조건물이 모여 있는 쪽으로 향했다. 건물 앞에는 온갖 주유기가 즐비하게 늘어서 있었다.

"기름은?" 레드가 물었다.

"반 정도요. 보조 연료는 가득 차 있고요."

"저기 가로수 옆에 차 세워."

차는 거대한 참나무 아래 멈춰 섰다. 해가 이미 서쪽으로 뉘엿뉘엿 기울고 있었다.

"16C쯤으로 온 것 같지?"

"네. 여기서 내리려고 했던 거예요?"

"아니. 생각 좀 하고 있었어. 예전에 이 시대의 남자를 알고 지냈거든. 영국으로 가는 지름길을 이용해야 했는데…….”

“주차하고 그 남자 만나러 갈래요?”

“아니. 그 사람은…… 다른 데 있어. 게다가 배도 좀 출출한데. 같이 가자.”

레드는 대시보드 밑에서 『악의 꽃』 한 권을 꺼냈다.

“어디로 갔는데요?” 책에서 목소리가 흘러나왔다.

“누구?”

“친구분요.”

“아, 멀리. 그래, 먼 데로 가버렸지.” 레드는 소리 없이 웃었다.

차 문을 열고 밖으로 나왔다. 바깥 공기가 쌀쌀했다. 레드는 건물 쪽으로 걸음을 재촉했다.

식당은 아직 샹들리에를 켜지 않아 어둑어둑했다. 나무 테이블은 아무것도 덮여 있지 않았고, 나무 바닥도 카펫이 깔려 있지 않았다. 식당 안쪽 벽난로에서 장작불이 탁탁 소리를 내며 타고 있었다. 창문은 정면에 보이는 벽에만 나 있었다.

레드는 식사하는 사람들을 휙 둘러보았다. 커플 두 쌍이 커다란 유리창 앞에 앉아 있었다. 얼굴이 앳돼 보였다. 옷차림과 말투로 보아 21C 후반 사람들 같았다. 레드 오른쪽 테이블에 앉은 곱상하게 생긴 남자는 의복으로 보아하니 영국 빅토리아 후기에서 온 듯했다. 벽에 등을 대고 앉은 남자는 어두운 색 머리에 검정 바지와 부츠, 흰색 셔츠 차림이었다. 그 남자는 치킨에 맥주를 마시고 있었다. 의자 등받이에는 검은색 가죽 재킷이 걸쳐져 있었다. 별 장식 없이 밋밋한 옷이라 남자가 어느 시대에서 왔는지 가늠하기 어려웠다.

레드는 가장 안쪽 테이블로 가더니 테이블을 돌려 구석을 등지고 앉았다. 『악의 꽃』을 앞에다 놓고는 아무 페이지나 펼쳤다.

"지도와 판화를 좋아하는 아이에게 우주는 거대한 식욕을 채우기에 충분하다.*"

책에서 목소리가 작게 흘러나왔다. 레드는 재빨리 책을 들어 얼굴을 가렸다.

"맞는 말이야." 레드가 속삭이듯 대답했다.

"하지만 당신은 그 이상을 원하잖아요?"

"그저 나만의 작은 구석을 말이지."

"거기가 어딘데요?"

"내가 알 리가 있나."

"그 일을 왜 하는 건지 도무지 이해할 수가 없네요."

키가 큰 백발의 웨이터가 테이블 옆으로 다가왔다.

---

* 보들레르의 시집 『악의 꽃(Les Fleurs du mal)』에 수록된 시 「여행」을 인용.

"주문하시겠……, 레드!"

레드는 고개를 들어 그를 잠시 빤히 쳐다보았다.

"존슨……?"

"그래요. 어이구, 이게 몇 년 만인가!"

"그러네요. 로드 저 아래에서 일하지 않았어요?"

"맞아요. 그런데 여기가 일하기는 더 좋군요."

"마음에 드는 곳을 찾아 다행입니다. 저기, 저 사람이 먹는 치킨이 먹음직스러워 보이네요." 레드는 어두운 색 머리의 남자 쪽으로 고갯짓을 했다. "맥주도 맛있어 보여요. 저도 같은 걸로 주세요. 그런데 저 사람은 누구죠?"

"처음 본 사람이에요."

"그렇군요. 맥주는 지금 주세요."

"알겠어요."

레드는 안쪽 주머니에서 담배 한 개비를 새로 꺼내 유심히 살펴보았다. 존슨이 멈칫하더니 레드를 뚫어지게 쳐다보았다.

"그 묘기를 선보일 참인가요?"

"무슨 묘기요?"

"당신이 난로에서 숯을 꺼내 담배에 불을 붙이는 걸 본 적이 있어요. 불에 데지도 않고 말이에요."

"계속 말씀하세요!"

"기억 안 나요? 몇 년 전인데……. 하긴 당신이 나중에 그 재주를 익히지 않았다면 지금은 기억이 안 날 수도 있겠죠. 당신은 그 당시에 지금보다 분명 더 나이 들어 보였는데. 어쨌든 로드를 한 C 반 정도 내려갔을 때 얘기예요."

레드는 고개를 저었다.

"치기 어린 짓이었죠. 이제 그런 일은 없을 겁니다. 술과 닭을 좀 가져다주세요."

존슨은 고개를 끄덕이고는 자리를 떴다.

레드가 식사를 끝낼 무렵 식당은 사람들로 가득 찼다. 조명이 모두 켜지고 웅성거리는 소리가 한층 더 커졌다. 레드는 존슨을 불러 계산하고 일어섰다.

밤공기가 제법 차가워졌다. 레드는 자갈밭으로 나와 왼쪽으로 돌아서 트럭을 향해 걸음을 옮겼다.

"조용!" 레드가 들고 있는 책에서 작은 음성이 튀어나왔다.

"어, 그럴……."

총구에서 섬광이 번쩍하고 총성이 울린 순간, 레드는 충격으로 몸을 휘청였다.

피해를 살필 겨를도 없이, 레드는 오른팔을 힘껏 움직여 옆으로 몸을 던졌다. 두 번째 총성이 울렸지만 이번에는 아무 느낌이 없었다. 날렵한 동작으로 『악의 꽃』을 어둠 속 총잡이 쪽으로 홱 던지고는 자신의 차로 쏜살같이 내달렸다.

트럭 앞쪽에서 조수석으로 정신없이 달려 문을 열고 차 안으로 몸을 날려 납작 엎드렸다. 시트 밑에 넣어둔 45구경 권총을 찾으려고 이리저리 더듬는데 운전석 너머에서 자갈 밟는 소리가 들렸다. 그리고 발소리가 들리는 방향에서 날카롭게 외치는 목소리가 아득하게 날아왔다.

"움직이지 마요! 누가 당신에게 총을 겨누고 있으니까!"

총성과 함께 나직한 욕설이 이어진 순간, 레드의 손이 묵직한 권총의 손잡이를 감싸 쥐었다. 운전석 창밖으로 한 방을 쐈다. 순간적인 안도감이 찾아왔다. 그런 다음 차 밖으로 몸을 빼고 웅크려 앉았다.

건물 쪽이 소란스러워졌다. 마치 출입문이 벌컥 열려 사람들이 웅성거리는 소리가 건물 밖으로 흘러나오는 것 같았다. 무슨 일인지 소리쳐 묻는 사람이 더러 있긴 했지만, 선뜻 다가오는 사람은 없었다.

레드는 자세를 낮추고 트럭 뒤쪽으로 갔다. 뒤를 힐끔거리면서 엎드려 기는 자세로 짐칸 너머를 유심히 보고 범퍼 주변도 살폈다. 아무것도 없었다. 사람 그림자 하나 보이지 않았다…….

숨죽인 발소리를 포착하려고 귀를 기울였지만 아무 소리도 듣지 못했다. 레드는 트럭 뒤를 돌아 왼쪽으로 기어갔다.

"그자는 앞에 있어요. 오른쪽으로 가고 있어요." 날카로운 속삭임이 들렸다.

앞쪽에서 소리가 나더니, 이윽고 자갈을 밟는 다급한 발소리가…….

레드는 뒤에 있던 돌멩이를 주워 트럭 오른쪽으로 던졌다. 아무 반응이 없었다. 기다렸다.

"교착 상태에 빠진 것 같은데," 레드는 포어토크로 소리쳤다. "대화를 좀 해볼 텐가?"

대답이 없었다.

"나를 노린 특별한 이유라도 있나?"

또다시 침묵만 흘렀다.

레드는 트럭 뒤 왼쪽 모퉁이를 돌아 낮게 웅크린 자세로 한 발 한 발 조심스레 소리를 죽이며 앞으로 걸어나갔다.

"멈춰요! 그자가 숲속으로 몸을 피했어요. 총을 겨누고 있을 거예요."

레드는 총을 왼손으로 바꿔 잡고 오른팔을 열린 창문으로 쑥 밀어 넣었다. 헤드라이트를 잽싸게 딸깍 켜고는 납작 엎드려 왼쪽 앞 타이어 부근을 유심히 살폈다. 숲속에서 총알

이 날아와 운전석 앞 유리를 관통했다.

엎드린 곳에서 보니, 몸을 숨기려고 뒤로 물러나는 총잡이의 실루엣이 어렴풋이 눈에 들어왔다. 레드는 실루엣을 향해 총을 쐈다. 검은 그림자가 갑자기 나무에 쾅 하고 부딪혔다. 그림자가 아래로 미끄러지면서 손에서 권총이 빠져나가는 순간, 레드는 한 번 더 방아쇠를 당겼다. 그자가 뒤로 벌러덩 자빠지며 바닥에 푹 쓰러지더니 꼼짝하지 않았다.

레드는 몸을 일으켜 쓰러진 사람에게 총을 겨눈 채로 앞으로 걸어나갔다.

…… 검은색 바지와 검은색 재킷이었다. 재킷의 오른쪽 하복부에 뚫린 구멍에서 피가 새어 나왔다. 조금 전 식당에서 벽을 등지고 있던 바로 그 남자였다. 레드는 그자의 어깨에 팔을 두르고 머리를 받쳐 상체를 들어 올렸다.

남자의 입가에서 연붉은빛을 띤 거품이 일었다. 남자는 몸이 들리자 숨을 헐떡였다. 눈을 깜박거리며 가늘게 떴다.

"왜, 왜 나를 쏘려고 했나?"

남자가 힘없이 웃었다.

"계속…… 궁금한 채로 놔두고 싶은데."

"네 신상에 좋을 게 없을 텐데." 레드가 말했다.

"더 잃을 것도 없어. 그러니 지옥에나 떨어지라고!"

레드는 남자의 입을 후려쳐 피범벅으로 만들었다. 그때 등 뒤에서 못마땅한 듯 헉하고 숨을 삼키는 소리가 났다. 사람들이 모여들기 시작했다.

"말해, 이 개자식아! 안 그럼 재미없을 줄 알아!"

레드는 상복부에 난 상처 주변을 손가락으로 힘껏 찔러댔다.

"이봐요! 그만 좀 해요!" 뒤에서 누군가 소리를 질렀다.

"말하라니까!"

하지만 남자는 숨을 가쁘게 몰아쉬더니 호흡이 멎었다. 레드는 남자의 멍치를 주먹으로 마구 때리기 시작했다.

"정신 차리라고, 비열한 새끼!"

레드는 어깨에 누가 손을 얹는 걸 느끼고 홱 뿌리쳤다. 남자는 아무런 반응이 없었다. 레드는 남자를 바닥에 내려놓고 주머니를 뒤졌다.

"그러면 안 되잖아요." 뒤에서 또 다른 누군가가 말했다.

주머니에는 별다른 것이 없었다. 레드는 일어섰다.

"이자가 무슨 차를 몰았죠?" 레드가 물었다.

침묵이 감돌더니 이내 술렁이기 시작했다. 마침내, "히치하이킹을 했어요" 하고 빅토리아 시대 신사가 입을 열었다.

레드가 뒤를 돌아보았다. 신사는 희미한 미소를 띠고서 시신을 내려다보고 있었다.

"그걸 어떻게 알죠?"

신사는 실크 손수건을 꺼내서 펼치고는 이마에 몇 번을 갖다 댔다.

"아까 여기서 내리는 걸 봤소." 신사가 말했다.

"어떤 차종이었죠?"

"검은색, 20C, 캐딜락."

"차에 탄 사람이 또 있던가요?"

신사는 시신을 돌아보더니 입술을 혀로 핥고 다시 미소를 지었다.

"없었소."

존슨이 범포를 가져와 시신을 덮은 뒤 땅에 떨어진 총을 집어 허리띠에 찔러 넣었다. 몸을 일으키면서 레드의 어깨에 손을 얹었다.

"지금 호출을 할 거예요." 존슨이 말했다. "하지만 경찰이 오기까지 얼마나 걸릴지 알 수 없어요. 여기 있다가 상황을 좀 보고해 주세요."

"네, 기다릴게요."

"그럼 돌아갑시다. 방으로 안내해 마실 걸 드리죠."

"그러죠. 잠깐만요."

레드는 주차장으로 돌아가 책을 되찾았다.

"총알 때문에 내 스피커가 망가졌어요." 지지직 잡음 섞인 목소리가 흘러나왔다.

"그래. 새로 하나 사줄게. 제일 좋은 걸로. 총알 막아줘서 고마웠다. 그자의 주의를 딴 데로 돌려준 것도."

"도움이 됐다니 다행이네요. 그자가 당신을 왜 쏘려고 했나요?"

"나도 모르겠어. 살인 청부업자로 알려진 사람 같았어. 뭐, 범죄 조직의 일원이겠지. 그렇다면 이번 일을 사주한 사람과 내가 무슨 관계가 있단 건지 도무지 짚이는 게 없단 말이야. 도통 알 수가 없네."

레드는 슬며시 책을 주머니에 넣고는 존슨을 따라 건물 안으로 들어갔다.

랜디는 파란색 픽업트럭이 옆으로 빠져나가는 모습을 발견하고 속도를 줄이면서 주차장으로 조심스레 진입했다.

"여기인가요?" 랜디가 스피로스 쪽을 쳐다보며 물었다.

『풀잎』* 을 읽고 있는 레일라가 고개도 들지 않은 채 끄덕였다.

"아프리카에 머물렀던 시기를 본 거였어요. 지금 우리는 실시간에 있으니까 그 당시와 얼마만큼 시간 차이가 나는지 모르겠네요."

"알아들을 수 있게 말해줘요."

"그가 아직 도착을 안 했거나 이미 떠났을 거란 얘기예요."

---

* 『Leaves of Grass』. 미국의 시인 월트 휘트먼의 시집.

랜디는 사이드 브레이크를 당겼다.

"여기서 기다려요. 내가 가서 확인해 볼 테니까." 레일라는 차 문을 열고 책을 뒷좌석으로 던지며 내렸다.

"알겠어요."

"랜디?"

"응, 리브스?"

"레일라는 참 활기 넘치는 여자예요. 그죠?"

"그런 것 같아."

"매력적이죠?"

"그럼."

"하지만 태도는 고압적이잖아요."

"그거야 레일라가 어떻게 해야 하는지 아니까. 난 모르잖아."

"그래요. 그렇긴 하죠……. 저 사람 누구죠?"

십자군의 십자가 표시가 있는 지저분한 튜닉 차림의 한 노인이 혼자 흥얼거리면서 발을 질질 끌며 걸어왔다.

노인은 몸에 두른 띠에서 더럽고 해진 천 조각을 꺼내 전조등과 앞 유리를 닦기 시작했다. 나비가 튀어 들러붙은 곳에 침을 뱉고 엄지손톱으로 긁어내더니 천 조각으로 쓱쓱 문질렀다.

청소를 끝내자, 노인은 랜디가 있는 운전석으로 다가와 미소를 띠며 고갯짓을 했다.

"날씨 좋죠?"

"그러네요."

랜디는 주머니를 뒤적거려 25센트 동전을 꺼내 노인에게 건네주었다.

노인은 동전을 받아 쥐고 다시 고개를 끄덕였다.

"감사합니다."

"십자군 병사……처럼 보이네요."

"맞소. 아니면 과거에 그랬든가." 노인은 포어토크로 말을 이었다. "어디선가 길을 잘못 들었는데 돌아가는 길을 끝내 못 찾았다오. 그렇다고 누굴 원망하겠소? 그렇지 않소? 게다가 누구는 십자군 전쟁이 이미 끝났고 우리가 이겼다고 하더군. 또 누구는 전쟁은 끝났지만 우리가 졌다고 하고. 어쨌든 전쟁을 계속하는 건 어리석은 짓이지……. 게다가 난 여기가 좋다오. 조만간 주교가 캐딜락을 타고 오면 신께 한 맹세를 취소해 달라고 할 거요. 그동안은 그들이 날 재워주고 먹여주겠지."

노인이 윙크를 했다.

"밤이면 밤마다 술집에서 코가 삐뚤어지도록 술을 퍼마시면서 이곳에서 잘 지내고 있다오. 그야말로 팔자가 아주 늘어졌지. 전쟁도 끝난 마당에 싸움을 자초하다니 쓸데없는 짓 아니겠소?"

랜디가 머리를 흔들었다.

"확실히는 모르시는 거죠?"

"뭘 말이오?"

"누가 이겼는지요."

"십자군 아니오?"

랜디는 고개를 주억대고는 코를 문지르며 말을 이었다.

"음…… 그게…… 역사책에는 전쟁이 크게 네 번, 소소하게 여러 번 일어났다고 쓰여 있어요. 누가 승자인지는 쉽사리 답할 수 없는 문제죠……."

"그렇게나 많이!"

"네. 십자군이 먼저 승리를 거두기도 했고 상대편이 이긴 적도 있고요. 반전에 반전을 거듭하고 온갖 음모와 배신이 판을 쳤죠……. 훌륭한 문화가 수없이 많이 전승됐어요. 그 덕에 그리스 철학이 서유럽에 다시 전파되는 길이 열렸거든요. 그……."

"이보게, 젊은이! 그딴 소리는 듣고 싶지 않네. 자네 시대에는 성지를 누가 차지했는가? 그 사람들인가 우린가?"

"뭐, 거의 그들이죠."

"그럼…… 우리 영토는 어떻게 됐소? 우리가 지키고 있나 아니면 그들 손에 넘어갔나?"

"우리가 차지하고 있긴 하지만……."

노병은 껄껄 웃었다.

"그러면 승자는 없는 거지."

"그렇게 단정 지을 수가 없어요. 사실상 패자도 없거든요. 더 큰 그림으로 봐야 해요. 크게 보면……."

"무슨 헛소리야! 큰 그림은 자네 혼자 실컷 보라고. 하지만 난 자네가 말하는 큰 그림인가 뭔가를 위해서 다시 돌아가서 시미터*를 마구 휘두르고 싶지는 않거든. 루이왕이나 십자군 전쟁을 계속하라지. 난 말이야, 여기서 자네의 이 괴상망측하게 생긴 마차 유리나 닦고 술독에 빠져 사는 게 훨씬 좋다네. 전쟁에서 이긴 사람이 없다는 것도 알았으니 말이지."

"물론 무슨 뜻인지는 알겠습니다만, 십자군에 대한 역사의식이 부족하실지라도 그렇게 말씀하시는 건 좀 아닌 것……."

---

* 초승달 모양으로 생긴 큰 칼.

"얼어 죽을, 아니긴 뭐가 아니야! 자네가 운이 좋다면 어느 날 로드 위쪽에서 온 사람이 나타나서 자네에게 지금과 똑같이 호의를 베풀 테지. 그때 그 사람에게나 역사를 들려주게."

노인은 손가락으로 동전을 튕겨 올렸다가 움켜잡았다.

"믿음을 끝까지 잃지 말게나, 젊은이."

노인은 돌아서서 다리를 절며 가버렸다.

랜디는 고개를 끄덕이고는 레일라의 담배를 찾아 꺼냈다.

"재미있네……." 랜디는 중얼거렸다.

뒷좌석에서 리브스가 조용히 콧노래를 흥얼거리기 시작하더니, "언짢은 일이라도 있으세요?" 하고 물었다.

"그런 것 같아. 나도 잘 모르겠지만. 왜 그런 걸 묻는 거지?"

"당신의 심박수, 신진대사, 혈압, 호흡을 관찰하고 있거든요. 하나같이 높아 보여서요. 그뿐이에요."

"그럼 너한테 숨길 게 많지 않다는 얘기네? 십자군 전쟁을 둘러싼 열정이나 깨져버린 사랑 같은 건 지질학적 시간으로 보면 한갓 찰나에 지나지 않는다는 생각이 들었어."

"맞는 말이에요. 하지만 당신이 바위나 빙하도 아닌데 그게 무슨 상관이에요? 최근 들어 그런 관계를 끝낸 적이 있군요?"

"그렇게 볼 수도 있겠네. 응, 그랬지."

"마음이 아프겠군요. 뭐, 경우에 따라서 아닐 수도 있고요. 당신은……."

"아니. 정말 아무렇지도 않아. 계속 이어질 관계는 아니었거든. 그런데도 상실감이 느껴지긴 해……. 내가 왜 너한테 이런 말을 하는 거지?"

"사람은 누구나 말할 상대를 찾기 마련이죠. 이런 때는 조심해야 해요. 상실에 빠진 사람들은 새로운 걸 찾아 그 자리를 채우려고 하죠. 현명하게 선택하기보다 성급하게 결정해버려요. 또……."

"레일라가 오네." 랜디가 말했다.

"아, 네."

정적이 흘렀다.

랜디는 담배를 피워 물고 물끄러미 보닛에 비친 구름을 바라보았다. 그러고는 무슨 교통 박물관의 전시를 방불케 하며 주변에 늘어선 수많은 차량의 행렬에 눈길을 보냈다.

"레일라가 감지되지 않는데요." 잠시 후, 리브스가 말했다.

"미안. 내가 잘못 봤나 봐."

순간 잡음이 터져 나왔다. "랜디, 미안해요. 주제넘게 나섰네요."

"괜찮아."

"전 그냥……."

"레일라가 정말 오고 있어."

"네. 그게 그러니까…… 아무것도 아니에요."

레일라가 차 문을 벌컥 열고 올라타고는 문을 쾅 닫더니, 랜디의 손가락에서 담배를 빼내 연기를 길게 한 모금 빨아들이면서 시트에 털썩 앉았다.

"확인이 안 됐나 보죠……." 랜디가 입을 열었다.

"쉿! 우린 사실상 꼬리에 꼬리를 물고 이어져 있어요. 다만 어디로 가는지 주소지를 남겨두지 않았더군요. 다시 찾아봐야겠어요."

랜디는 레일라가 멍하니 담배 연기를 쳐다보는 모습을 지켜보았다. 레일라는 한동안 아무 표정이 없더니, 이윽고 너무 순식간이라 읽어내기 어려운 감정이 얼굴에 스쳤다.

"시동 켜요! 갑시다!" 레일라가 명령하듯 말했다.

"어디로요?"

"로드 아래쪽으로. 그 일이 일어나면 갈림길을 알 수 있어요. 어서 가요!"

랜디는 주차장에서 차를 빼내 출구 쪽으로 방향을 틀었다.

"이해가 좀 되기 시작했어요……."

"뭐가요?" 랜디가 물었다.

"우리가 누군지." 레일라가 랜디에게 담배를 건네며 말했다.

랜디는 액셀을 힘껏 밟아 속도를 올렸다.

레드는 침대에서 나와 조끼를 잡아챘다.

"이봐! 연기 탐지 기능이 너무 형편없잖아!"

"그 부분도 망가졌나 봐요."

레드는 조끼를 걸치면서 주머니에 든 작고 납작한 손전등을 꺼냈다. 방 안 여기저기를 비춰봤지만 연기는 없었다. 몸을 일으켜 문으로 걸어갔다. 문 앞에 서서 코를 킁킁거리며 냄새를 맡았다.

"그러지 않는 게 좋을 것……."

레드는 문을 열고 복도로 나가 다시 킁킁대더니 왼쪽으로 걸음을 옮겼다.

찾았다! 옆방이다!

한달음에 달려가 방문을 마구 두드리고 손잡이를 돌렸다.

잠겨 있었다.

"정신 차려요!"

레드는 뒤로 물러서서 잠금장치 옆을 있는 힘껏 발로 찼다. 문이 활짝 열렸다. 그가 서 있는 곳으로 연기가 몽글몽글 새어 나왔다. 방 안으로 뛰어 들어갔더니 웬 여자가 화염에 휩싸인 침대에서 미소를 머금은 채 잠들어 있었다.

레드는 허리를 숙여 불길 속에서 여자를 들어 올리고 방을 가로질렀다. 여자의 옷은 여전히 연기를 피우면서 타고 있었다. 여자를 바닥에 털썩 내려놓고는 깔개를 들고 불을 끄러 다시 침대로 갔다.

"저기요!" 여자가 소리쳤다.

"그 입 다물어요. 바쁘니까."

여자는 자리에서 일어섰지만 옷에는 아직도 불이 붙어 있었다. 불붙은 옷 따위는 잠깐 무시하고 불길을 맹렬히 공격하는 레드를 지켜보았다. 그때 앞자락에서 불꽃이 활활 타오르자 힐끔 내려다보았다. 무심하게 목 뒤로 묶은 매듭을 풀어 옷을 바닥에 떨어뜨렸다. 그러고는 원을 그리며 타고 있는 불의 고리에서 나와 레드에게 다가갔다.

"여기서 뭐 하는 거예요?" 그녀가 물었다.

"당신이 싸지른 불 끄고 있잖아! 무슨 짓을 한 겁니까? 침대에서 담배라도 피운 거예요?”

“네. 술도 마셨고.”

그녀는 무릎을 꿇고 침대 밑으로 손을 쭉 뻗더니 술병을 찾아 끄집어냈다.

“타게 놔둬요.” 그녀가 말했다. “한잔해요. 같이 불구경이나 합시다.”

“레일라, 저리 비켜요!”

“네네, 레드. 분부대로 하죠.”

레일라는 뒤로 물러나 커다란 의자에 앉아 주위를 둘러보고는 다시 일어나 화장대로 가더니, 타고 있는 촛불로 램프 심지에 불을 붙이고 와인 잔을 집어 들어 의자로 되돌아왔다.

복도에서 다급한 발소리가 났다. 소리는 차츰 잦아들더니 뚝 멎었다.

“어때요, 많이 심각한가요?” 존슨의 목소리가 들리고 이어서 기침 소리가 났다.

“침대만요.” 레드가 대답했다. “제가 알아서 처리하고 있습니다.”

“할 수 있다면 매트리스를 창문 밖으로 던져버려요. 어차피 자갈밭이니까.”

“그럴게요.”

"레일라 씨, 17번 방이 비었으니 그리로 가시죠."

"고맙습니다만, 전 여기가 좋은데요."

레드는 창가로 가서 잠금장치를 풀고 덧창을 활짝 열어젖혔다. 그런 다음 침대로 돌아와 매트리스를 둘둘 말아 안고는 별이 총총히 박힌 창밖으로 내던졌다.

"새 침구와 매트리스를 올려 보내죠."

"술도 한 병 더요."

방 안에서 기침하던 존슨은 복도로 나가서도 연신 콜록댔다.

"그러죠. 그 안에서 어떻게들 숨 쉬고 있는지 모르겠군요."

레드는 창밖을 바라봤다. 레일라는 술병을 땄다. 존슨의 발소리가 복도를 울리며 멀어져 갔다.

"마실래요, 레드?"

"좋죠."

레드는 몸을 돌려 레일라에게 다가갔다. 그녀가 와인 잔을 건넸다.

"당신 건강을 위하여." 레드가 말하고는 한 모금 마셨다.

레일라는 코웃음을 치며 병째로 들이켰다.

"거참, 숙녀답지 않은데." 레드가 말했다. "잔 받아요. 한잔 따라줄 테니."

레일라는 피식 웃으며 말했다.

"신경 쓰지 말아요. 이미 덕담 받았잖아요. '당신 건강을 위하여'라고. 그건 그렇고, 어때요?"

"술이요, 아님 건강이요?"

"뭐든."

"더 좋아지기도 했고 더 나빠지기도 했고. 둘 다요. 그런데 레일라, 여기서 뭐 하고 있는 거예요?"

레일라는 어깨를 으쓱했다.

"술도 마시고. 몸 팔아 돈도 벌고요. 당신은 뭘 하고 있는데요? 아직도 로드를 오르내리면서 도표 없는 샛길을 찾아 다니나요……? 아니면 길을 다시 내고 있어요?"

"거의. 한동안 당신이 길을 찾아내 떠난 줄로만 알았는데. 여기서 당신을 보다니……, 뭐랄까……, 환상이 깨진 느낌이랄까."

"내가 좀 그런 느낌이 들게 하는 편이죠. 안 그래요?"

레드는 조끼에서 담배를 꺼내 양초로 불을 붙였다.

"하나 더 있어요?"

"있어요."

레드는 담배를 레일라에게 건네고 또 하나를 꺼내 불을 붙였다.

"왜 그러는 거예요?" 레드가 물었다.

담배 연기가 레일라의 머리 위를 빙빙 돌면서 피어올랐다.

"뭘요?"

"아무것도 안 하는 거. 볼 수 있으면서도 여기서 시간을 허비하고 있는 거요."

"물어보시니," 레일라는 한 잔 더 들이켜고는 말을 이었다. "말해드리죠. 나는 지금껏 신석기시대부터 20C까지 그 망할 로드를 오르내렸어요. 그 와중에 샛길, 오솔길, 하다못해 토끼가 다니는 통로까지 길이란 길은 모조리 다 가봤어요. 그 덕에 내 이름은 셀 수 없이 많은 지역에서 각기 다르게 알려졌죠. 하지만 어디에도 내가 얻으려던 것, 우리가 찾는 건 없었어요."

"근처도 못 가봤다고요? 있는지 없는지도 전혀 못 느낀 거예요?"

레일라는 몸서리를 쳤다.

"뭔가 있구나, 하고 느낀 적이야 몇 번 있죠……. 매우 비슷하다는 느낌을 받은 적도 있었고 두고두고 잊지 못할 것 같은 때도 있긴 했지만…… 정확히 들어맞는 건 없었어요. 실패예요. 결국 내가 찾던 곳은 더 이상 존재하지 않는다고 결론을 내렸죠."

"모든 건 어딘가에 존재하는 법이죠."

"여간해서는 갈 수 없을 거예요."

"그럴 리가 없어요."

"그러면 대답해 봐요. 그럴 만한 가치가 있는 일인가요? 시간과 장소를 마음대로 선택해 어디든 갈 수 있고 뭐든 할 수 있는데, 그 일이 평생을 바칠 만한 일이냐고요."

"매춘을 하고 정신을 잃을 정도로 술을 퍼마시는 것처럼 가치가 있냐, 그 말인가요? 침대에 불을 지르는 것처럼?"

레일라는 담배 연기로 도넛 모양을 만들어 내뿜었다.

"당신 말처럼 거의 일 년 동안 아무것도 안 했어요. 그렇게 사는 게 날이 갈수록 편해지더라고요. 어차피 결과는 똑같으니. 마지막 남은 힘까지 다 쏟아부었어요. 난 천성이 좀 게으른가 봐요. 소득 없는 일에 힘쓰지 않고 손 떼서 속 시원한걸요. 당신도 같이 손 터는 게 어때요? 아무리 애써봤자 다 헛수고예요. 적어도 우리 서로를 위로할 수는 있지 않겠어요?"

"그건 내 천성이 아니에요." 레드가 대꾸할 때 종업원들이 새 침대, 침구, 술을 가지고 왔다.

레드와 레일라는 말없이 담배를 피우면서 사람들이 일하는 모습을 지켜보았다. 그들이 나가자, 레일라가 말문을 열었다. "돈 많고 실컷 자는 게 인생에서 최고죠."

"나도 그런 것들은 구미가 당기는군요."

"그렇게 해서 당신이 얻는 게 뭔가요?" 레일라가 그렇게 물으며 자리에서 일어섰다. "어차피 죽음뿐인데."

레일라는 창가로 가더니 밖을 내다보았다.

"그게 무슨 뜻인가요?" 레드가 마침내 물었다.

"아무것도 아니에요."

"아무것도 아닌 게 아닌데. 그러지 말고 뭘 봤는지 말해봐요."

"뭔가를 봤다고는 안 했어요." 레일라는 레드 쪽으로 시선을 돌렸다. "새 침대가 왔으니 우리 같이 누워봐요."

"말 돌리려는 거요? 당신은 나보다 더 많이 볼 수 있다는 것 알아요. 뭐가 보이는지 어서 말해봐요."

레일라는 창틀에 기대 술을 쭉 들이켰다.

"이리 나와요. 창문에서 떨어질라."

"말끝마다 잔소리. 늘 그렇게 오빠처럼 구는군요."

말은 그렇게 했지만 레일라는 창가에서 물러나 침대에 걸터앉았다.

레일라는 술병을 바닥에 내려놓고 담배를 피워 물더니 자욱한 담배 연기를 빤히 바라보았다.

"보여요……." 레일라는 말을 하려다가 입을 닫았다.

"보여." 레드가 따라 말했다.

"당신이 안개 속을 걷고 있어요. 죽음을 향해 갈수록 안개는 더욱 짙어져요. 그런데도 당신은 그걸 간절히 원하고 있어요! 블랙 버드 열 마리가 당신 뒤를 쫓는 걸 봤었는데," 목소리가 한층 더 낮아졌다. "지금은 아홉 마리네요……."

"블랙 데케이드군!" 레드가 속삭이듯 말했다. "누가 부른 건가요?"

"몸집이, 몸집이 큰, 육중한 남자예요……. 시인……, 맞아요. 시인이고 말고요."

"채드윅이군."

"그래요, 뚱뚱보 채드윅." 레일라도 레드의 말에 동의했다.

레일라는 담배 연기를 훅 내뿜고는 술병을 잡으려고 손을 뻗었다.

"왜, 언제, 어떤 식으로?" 레드가 물었다.

"희미하게 한 장면 보이는 건데 왜 이렇게 바라는 게 많아요? 그게 다예요."

"채드윅이라." 레드가 이름을 되뇌면서 잔을 비웠다.

"이제야 이해가 좀 가는군. 마음이 굴뚝같은 사람이야 많지만 재력 있는 사람은 드무니까. 토니는 분명 뭔가를 알고 있었나 봐. 그래서 토니도 무기를 가져간 거로군……. 그렇다면 경찰한테 기대할 게 없다는 뜻인데……. 그럼 누굴 믿나? 더욱이 이건 공식적인 게임인데."

레드는 자리에서 일어나 술병을 가져와 술잔을 채웠다.

"이제 어쩔 생각이죠?" 레일라가 물었다.

레드는 술을 한 모금 마셨다.

"계속 가야죠."

레일라는 고개를 끄덕였다.

"좋아요. 나도 함께 가죠. 내 도움이 필요할 거예요."

"아니. 고맙지만 지금은 때가 아니에요."

레일라는 병을 집어 창밖으로 던졌다. 그녀의 녹색 눈이 이글거렸다.

"폼 잡지 마요. 내가 이래 봬도 힘으로는 둘째가라면 서러운 사람이거든요. 내가 도울 능력이 된다는 것 당신도 알잖아요."

"다음에. 그리고 도와주면 내가 얼마나 기뻐할지는 당신도 잘 알잖아요. 하지만 블랙 데케이드로 밝혀진 이상, 함께 갈 순 없어요. 상대방의 복수를 위해서라도 둘 중 하나는 살아남아야죠."

레일라는 갑자기 침대에 대자로 드러누웠다.

"당신도 좋잖아요. 안 그래요? 더욱이 상대가 난데…….

상황을 손바닥 보듯 훤히 꿰고 있는 사람은 나라고요." 레일라가 말했다. "자야겠네요. 당신에게 강요할 순 없지만 당신 뜻에 따르지도 않을 거예요. 하고 싶은 대로 하세요, 레드. 나도 내 맘대로 할 테니까. 잘 자요."

"이번만은 좀 이성적으로 생각해 주면 좋겠는데!"

레일라는 코를 골기 시작했다.

레드는 술을 마저 마시고는 불을 끄고 잔을 화장대에 올려두었다. 그런 뒤 방문을 닫고 나와 자기 방으로 돌아가 옷을 입었다.

"불이 났나요?"

"아니야, 플라워스. 우린 떠날 거야."

"무슨 일이죠?"

"빨리 여기서 나가야 해."

"어젯밤 사건을 경찰에 알렸나요?"

"이런, 젠장! 지금 움직이지 않으면 경찰에 신고할 두 번째 시체는 내가 될 수 있다고. 어젯밤 내가 쏜 녀석은 미친놈이 아니었어. 난 지금 블랙 데케이드의 손안에 있는 거야."

"그게 뭔데요?"

레드는 부츠를 신고 끈을 묶었다.

"피의 복수라고 하지. 적은 아무런 제지를 받지 않고 나를 열 번 공격할 수 있어. 모두 실패하면 공격을 멈추기로 되어 있고. 뭐, 일종의 게임이야. 어젯밤이 그 첫 번째였어."

"반격은 못 하나요?"

"물론 할 수 있지. 내가 눈을 어디에 둬야 하는지 알면 가능해. 하지만 그럴 여유가 있으면 달아나는 게 낫겠지. 로드는 길어. 게임이 평생 계속될 수도 있다고. 사실 이러나저러나 마찬가지지만."

"경찰은 손 놓고 있나요?"

"그렇지. 이건 공식적인 일이니까. 게임위원회 소관이거든. 경찰이 개입한다고 해도 그 수가 별로 많지 않아. 대부분 23C에서 25C 출신이라 너무 문명화돼 있으니 이렇게 먼 과거로 오더라도 그리 쓸모가 없어."

"그럼 경찰의 힘이 더 강력한 로드 위쪽으로 가서 게임의 위법 여부를 찾으면 되잖아요."

"아니. 적은 거기에 살고 있는 경찰을 손아귀에 넣었겠지. 토니가 말해주려던 게 바로 이거였나 봐. 게다가 경찰은 주로 교통을 통제하잖아. 안 되겠어. 우린 과거로 가자."

"배후에 누가 있는지 아나요?"

"응. 옛 친구. 같이 일한 사이였어. 자, 어서 가자."

"하지만……"

"쉿! 샛길로 몰래 빠져나갈 거야."

"계산도 안 하고요?"

"옛날처럼."

"그때는 제가 함께 있지 않았잖아요."

"괜찮아. 난 딱히 바뀐 게 없어."

레드는 조용히 문을 닫고 나와 뒷계단으로 갔다.

"레드?"

"쉿!"

"쉬잇, 젠장! 당신이 여기 멈춰 설 거란 걸 그자들이 도대체 어떻게 알았을까요? 충동적으로 내린 결정이었는데 말이죠."

"나도 그 점이 궁금해." 레드가 목소리를 낮춰 말했다.

"…… 누군가 당신이 마지막으로 연료를 채운 곳을 알고 그다음으로 기름을 넣을 가능성이 큰 장소를 경우의 수로 계산하지 않는 이상."

"그 모든 장소에서 총을 겨누고 있는다고? 말도 안 돼!"

"하나의 가정일 뿐이에요. 채드윅이라면 가능하지 않을까요?"

"음, 그렇긴 하지……."

"당신이 낌새를 눈치채고 첫 번째 남자를 잘 피한다면 그가 당신을 뒤쫓는 데 그만큼 아니, 그보다 더 많은 노력과 시간을 쏟아야 하잖아요. 안 그래요?"

"그래, 네 말이 맞아. 근데 지금 생각해 보니, 채드윅이 나를 속속들이 잘 알고 있어. 그가 내 물건을 거기에서 몰수하려고 미리 손을 써놓은 거라면, 내가 이것저것 생각 좀 하려고 다음 휴게소에 차를 댈 거라는 것도 짐작했을 거야."

"아마도요. 기꺼이 운에 맡길 건가요?"

"무슨 운? 다음 휴게소, 그다음 휴게소, 또 그다음 휴게소에 누군가 있나 없나?"

"그렇겠죠?"

"그래, 맞는 말이야. 나는 당장 눈앞의 일에만 정신을 빼앗겼어. 나를 제거하기로 한 놈이 일을 끝낸 후에 나타나기로 한 장소에 없는 상황 같은 거 말이야. 보나마나 오늘 저녁 일찍 나타나기로 했을 텐데. 그자들이 내가 놈을 처리하고 아직 여기 있는 걸 안다면 어떻게 할 것 같나?"

"어려운 문제네요."

"그자들이 지금 저 밖에서 기다리고 있을지 누가 알겠어?"

"그럴 수도 있겠죠. 이 뒷문에서 총구를 겨누고 있을 수도 있잖아요?"

"그럴지도 모르지. 그러니까 우리는 먼저 주변을 살핀 다음 숲으로 전력질주 하는 거야. 그자들이 나무나 다른 차량에서 트럭을 지켜보고 있을 것 같거든. 그러니 우리는 숲속을 돌아 빠져나가자."

레드는 문으로 다가갔다가, 문이 무거운 데다 창이 없다는 걸 알고 욕을 하면서 문을 빼꼼히 열고 밖을 살펴보았다. 조금 더 열어보더니…….

"아무것도 없어." 레드가 말했다. "긴급 상황이 아닌 이상, 일이 다 끝날 때까지 아무 말도 하지 마. 이어폰을 가져오는 건데."

"내 스피커 빨리 고쳐줄 거죠?"

"로드 위쪽 시대로 가면 앞 유리를 새로 갈면서 스피커도 손볼 수 있을 거야. 걱정하지 마."

레드는 문을 활짝 열어젖히고 십오 미터쯤 떨어진 나무 그늘을 향해 내달렸다. 도착하고 나서 나무 주위를 빙 둘러보고는 그늘 밑에서 몸을 웅크렸다. 입을 벌리고 숨을 쉬면서 잠시 꼼짝 않고 있었다.

아무 소리도 나지 않았다. 총소리나 고함 소리, 인기척도 없었다. 레드는 손끝으로 바닥을 짚으면서 나무 뒤로 기어갔다. 그 자세 그대로 오른쪽으로 돌아 숙소 뒤편으로 갔다. 레일라의 방은 여전히 불이 꺼진 상태였다. 불에 탄 매트리스

커버 냄새가 훅 끼쳐왔다.

레드는 주차장이 한눈에 들어올 때까지 앞으로 나아갔다. 밤하늘에 걸린 반달과 여기저기 흩뿌려진 별들이 뿜어내는 빛에 의지해 살펴보니 차량이 더 늘어난 것 같지는 않았다. 하지만 레드는 숲을 벗어나지는 않은 채로 자신을 공격한 남자가 쓰러졌던 곳으로 향했다.

남자의 시신은 아직 어젯밤 그 장소에서 돌을 얹어놓은 천에 덮인 채 그대로 있었다. 레드는 권총을 쥐고 시신 옆에 쪼그리고 앉아 자신의 트럭을 바라보았다. 오 분이 지났다. 그리고 십 분…….

레드는 앞으로 걸어갔다. 트럭을 살피면서 한 바퀴 둘러보고는 운전석에 올라타 대시보드 아래에 책을 끼워 넣고 차 키를 꽂았다.

"안 돼요! 키를 돌리지 마세요!"

"왜 안 돼?"

"시스템에 미소전류를 흘려보내는 중인데 기존에 없던 저항이 있어요."

"폭탄?"

"아마도요."

레드는 욕설을 내뱉으며 차에서 내려 보닛을 열고 주머니에서 손전등을 꺼내 살펴보기 시작했다. 잠시 후, 레드는 보닛을 쾅 닫고 다시 올라타면서도 욕을 해댔다.

"폭탄이었죠?"

"맞아."

레드는 시동을 걸었다.

"폭탄은 어떻게 했어요?"

"숲으로 던져버렸지."

후진 기어를 넣어 차를 뒤로 뺀 다음, 방향을 틀어 주차장을 빠져나와 딱 한 번 주유할 때 빼고는 멈추지 않았다.

남자는 며칠 전, 이라고는 해도 사실 여러 시대를 거치고 나서 노변 카페에 자신의 차를 놓아두었다. 그는 지나치게 키가 크고 바짝 마른 체형에 부스스하고 어두운 머리칼이 넓은 이마 위에 헝클어져 있었고, 아비시니아* 산맥을 오르기에는 차림새가 너무 요란한 듯했다. 보라색 카고바지에 보라색 셔츠를 입고 부츠와 허리띠 가죽까지 보라색인데다가 배낭도 마찬가지였다. 비정상적으로 긴 손가락에는 자수정 반지가 몇 개 끼워져 있었다. 그가 찬바람도 잊은 채 바위투성이 길을 따라 터벅터벅 걷는 모습은 긴 여행을 떠난 젊은 낭만파 시인처럼 보였다. 19세기가 팔백 년 뒤의 미

---

* 에티오피아의 옛 이름.

래라는 사실만 빼면 말이다. 그는 수척한 얼굴에 움푹 꺼진 눈을 반짝반짝 빛내며 깜빡하면 그냥 지나치기 쉬운 표식들을 샅샅이 뒤져 모조리 찾아냈다. 심지어 온종일 쉬지도 않고 끼니도 걷는 동안 간단히 해결했다. 그러다가 잠시 멈춰 섰다. 저 멀리 떨어진 봉우리 두 개가 마침내 윤곽을 드러내 여정의 끝이 보였기 때문이다.

수백 미터 앞에는 산길이 거대하고 평평한 둑처럼 넓게 펼쳐져 깊은 산골짜기까지 이어졌다. 그는 그 방향으로 다시 걸었다. 평지에 접어들자 산골짜기로 들어갔다. 좁고 험한 길을 지나는 동안 양쪽으로 암벽이 우뚝 치솟아 있었다.

한참 후에 그는 목조 대문을 지나 작은 계곡에 이르렀다. 소들이 그 안에서 풀을 우적우적 씹고 있었다. 계곡 끝에 연못이 나 있고, 더 가까이에는 동굴이 여러 개 있었는데 한 곳 입구에 울타리가 쳐져 있었다. 그 울타리 앞에 키가 작고 머리가 벗겨진 흑인 한 사람이 앉아 있었다. 그 남자는 몸집이 어마어마하게 비대했는데, 발물레를 돌리며 굵은 손가락으로 도자기를 빚고 있었다.

흑인은 고개를 들어 아랍어로 인사하는 이방인을 쳐다보았다.

"…… 평안하시길." 흑인도 아랍어로 답했다. "이리 와서 기운 좀 차리세요."

보라색 옷을 입은 이방인은 흑인 쪽으로 다가갔다.

"고맙습니다."

그는 배낭을 내려놓고 흑인 맞은편에 쪼그리고 앉았다.

"존이라고 합니다."

"…… 난 몬다메이. 도자기를 만들고 있죠. 내가 원래 무례한 사람은 아닌데 지금 멈출 수가 없어서 실례 좀 하겠습니다. 도자기 형태를 잡아놓는 데 몇 분 더 걸릴 겁니다. 끝나면 먹을 것과 마실 걸 가져다드리죠."

"천천히 하십시오." 존이 웃으면서 말했다. "위대한 몬다메이가 작업하시는 모습을 눈앞에서 보는데 영광이죠."

"나에 대해서 들어본 적이 있습니까?"

"당신 도자기에 대해 못 들어본 사람이 있을까요? 훌륭한 유약을 발라 구워낸 도자기를요."

몬다메이는 계속 무표정한 얼굴이었다.

"친절하시군요."

잠시 후, 몬다메이가 물레를 멈추고 자리에서 일어났다.

"실례하겠습니다."

몬다메이는 특이하게 발을 질질 끌면서 걸었다. 존은 긴 손가락을 보라색 주머니에 찔러 넣고서 걸어가는 도예가의

뒷모습을 지켜보았다.

몬다메이는 동굴 안으로 들어갔다. 몇 분이 지나 덮개가 있는 쟁반을 들고나왔다.

"빵과 치즈, 우유 좀 가져왔습니다." 몬다메이가 말했다. "같이 먹지 않아도 양해해 주십시오. 방금 뭘 먹어서."

몬다메이는 큰 덩치에도 우아한 동작으로 허리를 굽혀 이방인 앞에 쟁반을 내려놓았다.

"염소를 잡아 저녁 식사를 대접하겠……."

존의 왼손은 제대로 보이지 않을 정도로 빨랐다. 존은 말도 안 되게 기다란 손가락으로 상대의 오른쪽 견갑골 아랫부분을 푹 쑤셨다. 손가락이 뚫고 들어가면서 거대한 판을 잡아뜯었다. 작고 투명한 키를 든 오른손은 밖으로 드러난 금속 표면을 향해 이미 돌진하고 있었다. 존은 소켓에 키를 꽂고 돌렸다.

몬다메이가 동작을 멈췄다. 상체를 숙인 몸 안에서 날카롭게 딸깍딸깍하는 소리가 연달아 들려왔다. 존은 손을 빼고 뒤로 물러났다.

"넌 더 이상 도예가 몬다메이가 아니다. 내가 너를 부분적으로 활성화했다. 이제 서 있는 자세를 취해라."

몬다메이에게서 이따금 탁탁하는 소리와 함께 부드럽게

웡 하는 소리가 흘러나왔다. 몬다메이는 천천히 몸을 세우더니 또다시 움직이지 않았다.

"이제 인간으로 위장한 걸 벗겨내라."

존 앞에 서 있는 인간 모형은 양손을 자신의 머리 뒤로 천천히 들어 올렸다. 손을 잠시 뒤통수에 대고 있다가 앞으로 당겨 까만 인조 살점을 벗겨내니 수많은 렌즈가 장착된 계단식 금속성 구조물이 드러났다. 그런 다음 손이 목 부위로 보이는 곳으로 향하더니 목을 꾹 누르고는 아래로 당겼다. 금속체였다. 더 많은 금속이 모습을 드러냈다. 그리고 케이블, 뒤쪽으로 작은 불빛이 깜빡이는 석영 유리, 금속판, 노즐, 그리드…….

이 분 만에 인조 살점이 모조리 벗겨지고 나자, 몬다메이라고 알려진 인간 모형의 실체가 불빛을 번쩍이고 탁탁 소리를 내면서 키 큰 남자 앞에 서 있었다.

"내가 1단계에 접근할 수 있게 해봐." 존이 명령했다.

금전등록기 같은 좁다란 금속제 서랍이 로봇의 가슴에서 튀어나왔다. 존은 몸을 숙여 서랍 안으로 자수정 반지가 번쩍이는 손을 넣어 제어장치를 조작했다.

"나한테 왜 이런 짓을 하는 겁니까?" 몬다메이가 물었다.

"넌 이제 완전히 활성화됐으니 내게 복종해야지. 안 그런가?"

"네, 맞습니다. 나한테 왜 이러는 겁니까?"

"1단계 접근 해제. 허리를 펴고 내가 도착했을 당시 네가 있던 곳으로 되돌아가 서 있어."

몬다메이는 명령에 따랐다. 남자는 자리에 앉아서 음식을 먹기 시작했다.

"내가 왜 널 활성화시켰을까?" 잠시 후, 존이 운을 뗐다. "그 이유는," 존은 혼자 묻고 답했다. "바로 지금, 네가 누군지 아는 사람은 이 세상에 나밖에 없어서지."

"지금까지 나에 관한 오해가 참 많았습니다."

"그건 내가 확실히 알지. 평행 미래라는 게 있는지 없는지는 모르지만, 내가 지나온 시간 속에 무수한 과거가 있다는 건 알아. 그렇다고 어떤 과거든 다 접근할 수 있는 건 아니야. 이동하는 사람이 없으면 샛길이 황무지로 되돌아가더라고. 시간이란 수많은 출구와 입구, 간선도로, 보조도로가 있는 초고속도로라는 것, 지도는 끊임없이 바뀌고 있다는 것, 극소수의 사람만이 진입로 찾는 법을 안다는 건 몰랐지?"

"나도 압니다. 그렇다고 길을 찾은 사람에 해당하는 건 아니지만."

"어떻게 그걸 알고 있지?"

"당신 같은 여행자가 처음은 아니니까."

"내가 있던 샛길에서는 배운 사람들에게 웃음거리밖에 안 되는 가설도 네가 있는 이 샛길에서는 그게 가설은커녕 진실이라는 걸 알아. 이를테면 아주 오래전에 다른 문명의 생물체가 지구에 왔다가 다양한 유물을 남기고 갔다는 가설 같은 거. 너도 그런 유물이잖아. 안 그래?"

"말씀대로입니다."

"네가 기가 막힐 정도로 정교한 살인 기계란 것도 알고 있지. 바이러스 입자 하나부터 행성 하나를 통으로 날려버릴 수 있게 만들어졌잖아. 안 그래?"

"그렇습니다."

"너는 지구에 남겨졌어. 네 기능을 이해하는 사람이 아무도 없는 채로 말이지. 그래서 위장한 채 단순하게 지내는 거잖아. 맞지?"

"맞습니다. 어떻게 나에 대해 알고 필수 명령키를 손에 넣은 겁니까?"

"나를 고용한 사람이 아는 게 많더군. 그 사람이 로드가 돌아가는 방식을 알려줬어. 너에 대해서도. 키도 줬고."

"날 찾아내고 키도 사용했으니, 이제 나한테 원하는 게 뭡니까?"

"아까 나 같은 여행자가 처음은 아니라고 했지? 그건 나도 알아. 그게 누군지 정체를 알고 있거든. 이름은 레드 도라킨이고, 곧 널 찾으러 이 샛길로 올 거야. 내가 돈이 좀 필요한데 그를 제거하는 대가로 거액을 받기로 했지. 난 손에 피 묻히는 일이라면 사람이든 기계든 남의 손을 빌려서 처리하는 편이거든. 이번 일은 네가 대신 손을 써줘야겠어."

"레드 도라킨은 내 친굽니다."

"그렇다고 들었어. 그러니 더욱 너를 의심하지 않겠지. 자, 이제……." 존은 배낭을 뒤져 가늘고 기다란 금속 상자를 꺼냈다. 상자를 열어 한 쌍의 노브를 돌려가며 맞췄다. 장치에서 삐 하는 소리가 났다. "그자가 최근에 차 앞 유리를 갈았군." 존이 상자를 돌 위에 올려두면서 말했다. "수리가 끝났을 때 차에 작은 위치추적 장치를 숨겨놨거든. 이제 그자가 이 길로 들어설 때까지 기다리기만 하면 돼. 이 장치로 그자를 추적해서 내가 원하는 곳에서 공격하는 거지."

"난 이 일에서 당신 대리인이 되고 싶지 않습니다."

존은 음식을 먹다 말고 일어서서 가로질러 걸어가더니, 몬다메이가 빚고 있었던 도자기를 주먹으로 내려쳐 형체를 알아볼 수 없을 정도로 찌그러뜨렸다.

"네 생각은 중요하지 않아. 넌 내 말에 복종만 하면 돼."

"그건 그렇습니다."

"어떤 식으로든 그자에게 주의를 줄 생각 따위는 하지 말도록. 알겠나?"

"알겠습니다."

"그럼 이제 이 일 가지고 입씨름은 그만. 넌 그냥 하라는 것만 해. 온 힘을 다해서."

"알겠습니다."

존은 다시 쟁반으로 돌아와 식사를 계속했다.

"당신이 이 일에서 손을 뗐으면 좋겠습니다." 잠시 후, 몬다메이가 말문을 열었다.

"당연히 그렇겠지."

"당신 고용주가 왜 그를 죽이려는 건지 아십니까?"

"모르지. 그건 그 사람 일이니까. 나하고는 아무 상관없어."

"당신에게 매우 특별한 뭔가가 있나 보군요. 이런 이색적인 일에 당신을 고용한 걸 보니."

존의 얼굴에 웃음기가 돌았다.

"그 사람은 나를 적임자로 여겼지."

"레드 도라킨에 대해 뭘 알고 있습니까?"

"그자의 인상착의도 알고. 이쪽으로 올 거라는 것도 알지."

"당신은 고용주가 일을 맡기려고 심혈을 기울인 전문가가 확실하군요……."

"확실하지."

"이유가 궁금하지 않았나요? 왜 그렇게까지 신중하게 그를 처리하려는 건지."

"아, 고용주 말로는, 그자가 자신이 쫓기는 걸 눈치챈 것 같으니 나더러 처리해 달라더군."

"어쩌다가 그가 알게 됐을지도 모른다는 겁니까?"

"얼마 전에 그자의 타임라인에서 그를 살해하려다 미수에 그친 일이 있었어."

"어째서 실패한 겁니까?"

"허술하고 미흡하기 짝이 없었거든."

"암살자가 될 뻔한 그 사람은 어찌 됐습니까?"

몸을 온통 보라색으로 휘감은 남자는 눈을 치켜뜨고 몬다메이를 노려보았다.

"레드가 죽였어. 하지만 그 사람과 나는 비교가 안 된다고."

몬다메이는 잠자코 있었다.

"나도 그런 일을 당할 수 있다고 겁주려는 모양인데, 괜히 헛수고하지 마. 난 별로 무서운 게 없거든."

"거참, 다행이네요." 몬다메이가 말했다.

존은 일주일 내내 몬다메이와 지내면서 섬세하게 빚은 도자기 쉰여섯 개를 부쉈지만 이런다고 자신이 손아귀에 넣고 주무르는 기계가 마음의 동요를 일으키지 않는다는 걸 깨달았다. 심지어 로봇에게 도자기를 직접 부수라고도 명령했지만 정서 반응 비슷한 것도 찾아볼 수 없어서 이런 방법으로 괴롭히는 걸 그만두었다. 그러던 어느 오후, 수신기에서 버저가 날카롭게 울렸다.

존은 서둘러 기계장치를 만지며 신호를 읽고 기계를 다시 조정했다.

"그자가 여기서 삼백 미터쯤 떨어진 곳에 있군. 내가 목욕을 끝내고 옷을 갈아입자마자, 너는 날 그자에게로 데려다 줘야 해. 이 일을 마무리 지을 수 있도록 말이야."

몬다메이는 대답하지 않았다.

"레드, 정비소에서 만난 그 의사 말이에요. 그 사람 정체가 좀 신경 쓰이는, 아, 정말! 당신이 표적이 된 마당에 낯선 사람을 태워주려고 하면 어떡하냐고요."

"새 스피커가 귀에 좀 거슬리네."

레드는 갓길로 차를 몰았다. 그때 갑자기 비가 내렸다. 흐트러진 머리에 검은색 여행 가방을 든 체구가 작은 남자가 활짝 웃더니 차 문을 열었다.

"어디까지 가십니까?" 목소리가 카랑카랑했다.

"5C 정도."

"와, 잘됐습니다. 비를 피하니 좋군요."

그는 차에 올라타 문을 쾅 닫고는 가방을 무릎 위에 반듯하게 놓았다.

"어디까지 가시나요?" 레드가 고속도로에 다시 진입하면서 물었다.

"페리클레스 시대의 아테네로 갑니다. 제 이름은 지미 프레이저예요."

"레드 도라킨이오. 멀리까지 가는군요. 그리스어 실력은 어때요?"

"공부한 지 이 년 됐어요. 이 여행을 늘 꿈꿔왔죠. 당신에 대해선 익히 들었습니다."

"좋게요, 아니면 나쁘게?"

"둘 다요. 그 중간도 있고요. 무기를 운반하다 적발됐다던데, 맞습니까?"

레드가 고개를 돌리자 자신을 유심히 관찰하고 있는 검은 눈동자와 눈이 마주쳤다.

"이미 입방아에 올랐군."

"캐물으려던 건 아닙니다."

레드는 어깨를 으쓱했다.

"뭐, 비밀도 아니니까요."

"흥미로운 장소를 많이 다녀보셨겠죠?"

"조금."

"그리고 이상한 데도요?"

"몇 군데는 그랬죠."

프레이저는 손으로 머리를 매만지며 정돈하고는 상체를 숙여 백미러에 자신을 비춰보더니 한숨을 푹 내쉬었다.

"저는 로드를 그렇게 많이 다녀보지 못했어요. 1950년대와 1980년대 클리블랜드를 주로 오갔습니다."

"하는 일이 뭐요?"

"주로 술집에서 일합니다. 50년대에서 사들인 물건을 80년대로 가져가 팔기도 하고요."

"그럴싸하네요."

"돈이 되는 일이죠……. 그런데 납치범 때문에 곤란을 겪은 적이 있습니까?"

"있고말고요."

"그에 걸맞은 최고급 무기를 보유하고 있겠네요."

"뭐, 별거 없어요."

"그런 게 필요하실 듯한데요."

"딱히 그렇지도 않아요."

"느닷없이 공격을 당하면 어떡하려고요?"

레드는 담배에 다시 불을 붙였다.

"뭐, 죽겠죠." 레드의 대답에 프레이저는 쿡쿡 웃었다.

"에이, 설마요." 프레이저가 말했다.

레드는 오른팔을 좌석 등받이로 뻗었다.

"이봐요, 당신이 납치범이면 나는 이제 죽음 목숨이죠."

"저요? 전 납치범이 아닙니다."

"그러면 그런 얼토당토않은 질문은 그만해요. 눈앞에 닥치지도 않은 상황에서 내가 뭘 할지 도대체 어떻게 압니까? 그때그때 상황에 맞춰서 행동하는 거지. 그뿐이오."

"미안합니다. 제가 좀 흥분했군요. 당신은 참 소설 같은 삶을 사는군요. 원래는 어디서 오셨습니까?"

"나도 몰라요."

"그게 무슨 말입니까?"

"돌아가는 길을 찾지 못했단 말이죠. 한때 그 길은 간선도로였는데 샛길로 변하더니 이내 사라져서 역사에도 없고 안개만 자욱한 곳이 돼버렸죠. 너무 늦게 찾은 겁니다. 길은 점령당했더군요. 이제는 지도에도 없는 곳이 됐고요."

"그럼, 뭐라고 불러야 할까요?"

"뭐 타는 냄새 안 나요?"

"담배 냄새는 나죠."

"아, 맞다! 담배가 대체 어딨는 거지?"

"저도 잘…… 여기 있네요. 제 등 뒤로 떨어진 모양입니다."

"불에 데었습니까?"

"데었냐고요? 아, 그건 아닌 것 같은데, 재킷이 조금."

레드는 프레이저가 건네주는 담배를 받아들면서 상대의 등을 눈으로 쓰윽 훑었다.

"다행이네요. 미안하게 됐습니다."

"아까 어디까지 말씀하셨더라……?"

"레드!" 플라워스가 불쑥 끼어들었다. "이쪽으로 순찰차가 오고 있어요!"

프레이저가 화들짝 놀랐다.

"뭡니까?" 프레이저가 물었다.

"곧 눈에 보일 거예요."

레드는 백미러를 뚫어져라 쳐다보았다.

"사고 현장이나 찾아가든가 하지." 레드가 혼잣말을 하고는 프레이저를 곁눈질로 보았다. "이건 뭐, 짜고 치는 것도 아니고."

"대체 무슨 마법입니까……?"

"…… 지금쯤 시야에 들어와야 하는데."

"레드! 저 목소리는 어디서 나는 겁니까?"

"가만히 좀 있으라고! 빌어먹을!"

"악마의 손에 걸리면 무슨 일을 당할지 몰라!" 프레이저가 말하더니 허공에 대고 문양을 그리기 시작하자 손가락 끝에서 불꽃 같은 모양들이 흘러나와 프레이저 앞에 떠다녔다.

"레드! 저 사람 무슨 짓을 하는 거죠?" 플라워스가 물었다. "제 광스캐너에 이상한 게 보이는……."

레드는 오른쪽으로 거칠게 핸들을 꺾고 속도를 줄이면서 갓길에 차를 댔다.

"마법 같은 것 써서 내 차 어지럽히지 마!" 레드가 명령조로 말했다. "본거지가 20C가 아니구만. 무슨 수작을 부리려던 거야?"

순찰차가 앞질러 가더니 그들 앞에 멈춰 섰다. 밖은 어둑어둑 땅거미가 내려앉기 시작했고, 오른쪽에 보이는 숲속 나무에는 눈꽃이 피었다.

"다시 묻는데……." 레드의 말이 채 끝나기도 전에 프레이저는 문을 열고 내리고 있었다.

"당신이 어떻게 한 건지는 모르겠지만……." 프레이저가 입을 열었다.

레드는 순찰차에서 내리는 경찰을 본 순간, 낯은 익었지만 이름은 기억나지 않았다.

"…… 방금 실수하신 겁니다." 프레이저는 다가오는 경찰을 가만히 바라보았다. "그러고 보니 나도 실수를 하긴 했네요……." 프레이저는 말을 덧붙였다.

조수석 문이 쾅 하고 닫히자, 트럭은 자갈 위를 구르면서 후진했다. 유령 같은 문양들이 옆을 빠르게 스쳐 지나는 동안 트럭은 한참을 멈춰 서서 점차 엔진의 회전 속도를 올리더니 핸들을 왼쪽으로 꺾었다. 그런 다음 고속도로로 진입해 지평선 너머로 해가 지면서 하늘을 황금빛으로 물들이는 어스름한 저녁을 뚫고 쏜살같이 달렸다.

"플라워스," 레드가 입을 열었다. "왜 마음대로 결정했지?"

"그 상황을 비용편익분석으로 따져봤더니 당신에게 손해였어요. 이렇게 하는 게 당신 목숨을 구할 확률이 육십 퍼센트 이상이었거든요."

"하지만 저들은 진짜 경찰이었다고."

"그렇다면 경찰들에겐 좀 미안하네요."

"그자가 그토록 위험한 인물이었어?"

"생각 좀 해봐요."

"하고 있어. 그치만 놈의 정체를 모르겠군. 채드윅은 어디서 그런 녀석을 찾았을까?"

"프레이저는 암살자가 아니에요. 게임에 참여한 게 아니에요, 레드."

"어째서 그렇게 생각하지?"

"그랬다면 다 알고 있었을 거예요. 그 사람은 내 존재도 몰랐잖아요. 채드윅이 그렇게 준비 안 된 사람을 보낼 만큼 허술한가요?"

"그건 아니지. 네 말이 맞아. 나가 봐야겠어."

"그러지 않는 게 좋겠어요."

"이번엔 내 뜻대로 해. 다음에 나오는 샛길로 들어가. 반대편 차선으로 되돌아오는 거야. 그런 다음 다시 방향을 바꿔. 내가 알아야 할 게 있어."

"왜요?"

"그냥 해."

"명령에 따를게요."

트럭이 속도를 늦추고 오른쪽으로 방향을 틀어 경사로를 내려가자 하늘에서 빛이 강렬하게 번쩍거리기 시작했다. 레드는 얼굴을 찡그린 채로 손가락으로 허공에 문양을 그리다가 메모장에도 그렸다.

"좋았어." 트럭이 되돌아가자, 레드가 드디어 입을 열었다.

"좋다니, 뭐가요?"

"인생이 점점 재밌어지네. 속도를 더 높여."

"정말 그 사람을 다시 찾고 싶은 거예요?"

"그자는 거기 없을 거야."

"그걸 어떻게 알아요?"

그들은 경사로를 따라 내려갔다가 지하도를 통해 다시 위로 올라왔다.

"조금만 더 가면 돼요. 저기예요! 저 앞에. 경찰차가 아직 있네요. 정말 차를 세워야 하나요?"

"차 세워!"

그들은 로드를 벗어나 눈물방울 모양의 차량 뒤에 멈춰 섰다. 레드는 차에서 내려 앞으로 걸어갔다. 경찰차 쪽으로 다가가자 불에 탄 시트커버와 살냄새가 코를 찔렀다. 차량 오른쪽 문은 살짝 틀어진 채로 열려 있고 내부는 완전히 타 버린 상태였다. 배지는 검게 그을리고 총은 손에 쥔 채 새까맣게 탄 남자의 시신이 앞좌석에 널브러져 있었다. 다른 경찰관의 유해는 차량 앞쪽에 떨어져 있었다. 타이어는 녹아내렸고 차량 뒷부분은 뜯겨나갔다. 레드는 몇 번이고 차 주변을 왔다 갔다 했다.

오른쪽에 눈이 소복이 쌓인 나뭇잎 위로 프레이저의 여행가방이 덩그러니 놓여 있고 안의 내용물은 바닥에 흩어져 있었다. 레드는 바닥에 흩어진 피임약, 딜도와 신체를 결박하거나 고통을 가하는 성인용품을 보고는 이맛살을 찌푸리며 고개를 절레절레 저었다. 그 물건들은 레드의 시선이 닿자마자 연기와 김을 내뿜으며 녹아 흘러내리기 시작했다. 레드는 발자국을 찾아 주위를 둘러봤지만 선명하게 찍힌 자국은 하나도 없었다.

트럭으로 돌아온 레드는 큰 소리로 알렸다. "자, 11C로. 하지만 12C부터는 내가 맡지."

"여기서도 감지됐어요. 일종의 폭탄이에요. 그자가 어디로 갔는지 짚이는 데가 있나요?"

"아니."

"당신은 운이 좋은 사람이네요."

"그다지."

"무슨 뜻이죠?"

"음, 놓쳤으니까."

"그걸 행운으로 생각해요."

레드는 모자를 눈 위로 푹 눌러쓰고 팔짱을 끼더니 숨을 깊이 들이마셨다가 내쉬었다.

티민 틴이 수도원 정원에서 차례차례 뽑혀나가는 잡초에게 사과하며 제초 작업을 했다. 삭발한 머리 때문에 나이를 가늠하기 어려운 이 남자는 왜소한 몸을 민첩하고 유연하게 놀리며 열정을 쏟아 괭이질을 했다. 승복을 대충 걸쳐 입어 눈 덮인 산에서 불어오는 서늘한 바람에 이따금 옷매무새가 흐트러졌다. 티민 틴은 거의 산에 눈길을 주지 않았다. 산을 너무 잘 알아서였다. 동료 수도승이 다가오자 즉시 인기척을 느꼈지만 동료가 코앞에서 걸음을 멈출 때까지 아무런 내색을 하지 않았다.

"안으로 들어오라고 하셔." 동료가 말했다.

티민 틴은 고개를 끄덕였다.

"잘 있어, 친구들아." 티민 틴은 잡초에게 인사를 하고 연장을 씻어 창고에 넣어두었다.

"정원을 잘 가꿨네." 동료가 말했다.

"응."

"방문객 때문에 호출하신 것 같은데."

"그래? 아까 징소리가 들려서 방문객이 온 건 알았는데 누가 왔는지는 못 봤어."

"이름이 선닥과 토바라는데. 아는 사람들이야?"

"아니."

두 남자는 부처상 앞에서 잠시 멈추었다가 본채로 이동했다. 건물 안으로 들어가 복도를 따라 끄트머리에 있는 작은 방으로 갔다. 동료가 합장하면서 방으로 들어가더니 작은 체구에 주름살이 가득한 주지승에게 말을 건넸다.

"데려왔습니다, 큰스님."

"들어오라고 하게."

동료는 주지승 맞은편 방석에 앉아 차를 마시는 낯선 두 사람을 간신히 힐끗 보고 문간으로 돌아왔다.

"들어가 봐." 동료는 티민 틴이 방으로 들어가도록 자리를 비켜주며 말했다.

"부르셨습니까, 주지 스님."

주지승은 잠시 아무 말도 하지 않고 티민 틴을 바라보았다.

"이분들이 자네와 여행길을 동행하고 싶어 하시네." 주지승이 마침내 말을 꺼냈다.

"저 말씀이십니까? 저보다 길눈이 밝은 사람들이 많이 있는데요."

"나도 알고 있네만, 이분들이 길 안내 그 이상을 원하시는 것 같군. 직접 자네에게 설명해 주실 거네."

주지승은 이렇게 말하면서 몸을 일으키고는 요란하게 짤랑거리는 안장주머니를 들고 방을 나갔다.

티민 틴이 방문객에게 눈길을 주자, 그들은 자리에서 일어섰다.

"토바라고 합니다." 피부가 까맣고 턱수염을 기른 사내가 말했다. 토바는 건장한 체격에 키는 티민 틴보다 머리 하나가 더 컸다.

"이쪽은 선닥입니다." 토바는 피부가 창백하고 눈동자는 파란색에 키가 매우 크고 머리카락은 구릿빛인 남자를 가리켰다.

"제 동료는 14세기의 이 지역 중국어 실력이 저보다 못합니다. 그래서 제가 대표로 말씀드릴게요. 티민 틴, 당신은 누굽니까?"

"무슨 말씀인지 모르겠군요." 티민 틴이 답했다. "저는 당신이 눈앞에서 보고 있는 사람입니다."

토바는 웃음을 터뜨렸다. 바로 뒤따라 선닥도 웃었다.

"웃어서 죄송해요." 토바가 말했다. "이곳에 오시기 전에는 누구였습니까? 어디서 사셨나요? 무슨 일을 하셨고요?"

티민 틴은 잘 모르겠다는 손짓을 했다.

"기억이 안 납니다."

"이곳에서 정원을 가꾸시던데, 일은 마음에 드시나요?"

"그럼요. 아주 마음에 듭니다."

토바가 고개를 가로저었다.

"용사가 엎드러졌도다*." 토바가 말했다. "혹시 당신 생각엔……."

그때 덩치가 더 큰 선닥이 티민 틴에게 한 발짝 다가오더니 예고도 없이 주먹을 앞으로 쑥 날렸다.

티민 틴이 슬쩍 피하기만 한 것 같은데, 선닥의 주먹은 그에게 닿지도 못하고 빗나갔다. 티민 틴의 왼손은 선닥이 내민 팔을 이끌듯이 팔꿈치를 가볍게 스쳤다. 다음 순간, 티민 틴은 몸을 약간 틀었다. 다른 쪽 손은 선닥 뒤로 사라졌다.

선닥은 방을 가로질러 날아가더니 벽을 세게 들이받고는 고

---

* 요나단과 사울이 전투에서 죽자 다윗이 슬픈 심정을 읊은 노래로, 히브리어 성경 『사무엘하』를 인용했다.

개가 푹 꺾였다. 그는 바닥에 나동그라져 그대로 뻗어버렸다.

"대단……." 이렇게 입을 뗀 순간, 토바도 바닥에 쓰러져 의식을 잃었다.

의식이 돌아오자 토바는 방을 둘러보았다. 티민 틴이 방문 가까이에 서서 자신을 내려다보고 있었다.

"저자가 왜 나를 공격했습니까?" 티민 틴이 물었다.

"그냥 시험해 본 겁니다." 토바는 숨을 헐떡거렸다. "테스트는 끝났고 당신은 통과했어요. 여기서는 사람들이 무술 훈련을 맨손으로 합니까?"

"일부는요." 티민 틴이 말했다. "하지만 저는 예전부터…… 했습니다."

"그때를 알고 싶습니다. 거긴 어디였습니까? 언제였죠?"

티민 틴은 고개를 흔들었다.

"잘 모릅니다."

"혹시 또 다른 삶인가요?"

"아마도요."

"전생…… 그런 것 여기선 믿죠, 아닌가요?"

"믿죠."

토바는 몸을 일으켰다. 방 건너편에서 선닥이 한숨을 내쉬며 몸을 움직였다.

"우린 당신을 다치게 할 마음은 추호도 없습니다." 토바가 말했다. "완전히 그 반대죠. 우리와 여정을 함께해야 하니까요. 이건 매우 중요한 일이거든요. 주지 스님도 허락하셨습니다."

"어디로 갑니까?"

"현재로써는 지명을 말해봤자 아무 의미 없을 겁니다."

"가려는 곳에서 내게 무슨 일을 시키려는 겁니까?"

"그것도 이해하지 못하실 겁니다, 지금은요. 또 다른 당신……, 전생의 당신……이라면 몰라도. 과거의 자신에 대해서 궁금해하신 적 있나요?"

"그럼요."

"우리가 이러한 기억을 되살려 드릴 겁니다."

"어떻게 되살립니까?"

"모르실 테지만, 고도의 화학적, 신경학적 기술을 써서요. 보십시오. 겨우 이 정도 언급했을 뿐인데 지금 당신이 사는 시대에는 존재하지도 않는 단어를 사용했잖아요."

"예전에…… 내가 누구였는지 당신은 압니까?"

"그렇습니다."

"내가 어떤 사람이었는지 말해주세요."

"직접 알아내시는 게 낫습니다. 도와드릴게요."

"어떤 방법으로요?"

"RNA라는 약인데, 모르시겠지만……, 이걸 몇 번 주입할 겁니다. 지금의 모습으로 있기 전에 채취한 당신 RNA를 주사하는 거죠."

"그 약이 전생에 대한 기억을 되돌려 놓습니까?"

"그렇게 생각합니다. 선닥은 고도로 숙련된 의사예요. 그가 주사를 놓을 겁니다."

"잘 모르겠네요……."

"무슨 뜻입니까?"

"예전의 나란 사람을 정말 알고 싶은 건지 확신이 서지 않습니다. 과거의 내가 마음에 들지 않으면 어쩌죠?"

몸을 일으킨 선닥이 머리를 긁적이며 웃었다.

토바가 말했다. "이것만은 말씀드릴 수 있습니다. 당신이 자진해서 변화를 겪은 게 아니란 사실을요."

"왜 나를 강제로 다른 사람이 되게 한 겁니까?"

"그걸 아는 방법은 딱 하나입니다. 어떡하시겠습니까?"

티민 틴은 주전자로 가더니 차 한 잔을 따랐다. 방석에 앉아 컵을 가만히 내려다보더니 한 모금 마셨다. 곧이어 선닥과 토바도 바닥에 앉았다.

"그래요. 두려운 일이죠." 토바가 단어를 고르고 조합해서

운을 뗐다. "결국…… 불확실한 일이니까요. 이곳 삶에 잘 적응하신 듯 보입니다. 그런데 우리가 찾아와 어떻게 바뀔지 확실히 말해주지도 않으면서 삶을 송두리째 바꾸려고 합니다. 그렇다고 막무가내로 억지를 부리는 건 아닙니다. 무슨 말씀을 드려도 당신의 현재 상태로는 이해가 되지 않을 거라서요. 예전의 당신과 하고 싶은 얘기가 있어 과거라는 기이한 선물을 받으시길 부탁드리는 겁니다. 막상 기억이 돌아오면 당신이 우리를 상대하지 않을지도 모르죠. 그러면 당연히 마음대로 하셔도 됩니다. 원하시면 이곳 삶으로 되돌아오셔도 되고요. 하지만 일단 선물을 받으시면 회수하지는 못합니다."

"자신을 아는 건 제가 바라는 바입니다. 그러니 과거의 삶을 떠올리는 일은 그 과정에서 중요한 단계죠. 이런 이유로 한 치의 망설임도 없이 승낙해야 마땅합니다. 하지만 저는 예전에 바로 이걸 깊이 생각해 본 적이 있습니다. 과거의 삶을, 그저 일부가 아니라 모조리 기억해 낸다면? 과거의 나란 사람이 마음에 들지 않을 뿐더러 지금의 나보다 강해서, 그 사람이 내게로 동화되는 게 아니라 내가 그에게로 흡수된다면? 그땐 어떡하나? 그건 윤회를 반대로 되돌리는 격이지 않을까? 이해하지도 못하는 지식을 받아들이는 바람에 과거의 내게 지배당하게 되는 건 아닐까?"

아무도 그의 물음에 답하지 못하자, 티민 틴은 차를 한 모금 더 마셨다.

"한데 제가 왜 당신들에게 묻는 걸까요?" 티민 틴이 입을 뗐다. "그런 질문에는 누구도 답해줄 수 없는 법이죠."

"맞습니다." 이번에는 토바가 말했다. "그건 당연한 질문입니다. 물론 제가 답해드리지는 못하지만요. 당신의 종교를 빌려 넌지시 말씀드리자면, 환생을 거듭하다가 어느 날 문득 자신에 대해 지금과 똑같은 생각을 할지 모른다는 거죠. 기분이 어떠실 것 같습니까?"

뜻밖에도 티민 틴은 웃음을 터뜨렸다.

"아주 좋은 말씀입니다. 자아는 언제나 만물의 중심이 되고 싶어 하죠. 안 그렇습니까?"

"핵심을 정확히 짚으셨습니다."

티민 틴이 차를 마저 마시고 고개를 들자 그의 얼굴에는 못 보던 표정이 떠올랐다. 희미하게 번지는 미소로 봉긋 솟은 양 볼과 살짝 가늘게 뜬 눈에서 어떻게 저돌적이고 대담하며 도전적인 의미가 읽히는지 알다가도 모를 일이었다.

"깨달음을 얻을 준비가 됐습니다." 티민 틴이 진지하게 알렸다. "시작하시죠."

"며칠이 걸릴 수도 있습니다." 토바가 조심스럽게 말했다. "치료가 여러 번 있을 테고요."

"그럼 첫 번째 치료가 시작되겠네요." 티민 틴이 말했다. "제가 뭘 하면 됩니까?"

선닥이 토바에게 눈길을 보냈다. 토바는 고개를 끄덕였다.

"자, 이제 치료를 시작하겠습니다."

이번에는 선닥이 말하고는 일어서서 특정 물품이 쌓여 있는 한쪽 구석으로 갔다.

"떠날 준비를 하는 데 얼마나 걸리겠습니까?"

선닥이 물었다.

"저는 가진 게 거의 없습니다. 이 작업이 끝나자마자 소지품을 가져올 테니 출발합시다."

"좋아요, 좋아." 선닥은 주사기와 앰플 몇 개가 들어 있는 자그마한 상자를 열며 말했다.

* * *

그날 밤, 세 사람은 수도원 위쪽으로 우뚝 솟은 산에서 야영했다. 세찬 바람을 막아줄 가파른 암벽 구간을 찾아 자리를 잡았다. 작게 피워둔 모닥불 주위로 싸락눈이 소용돌이쳤다. 마치 불에 녹아 수증기가 되어 하늘로 황급히 되돌아가는 영혼들 같다고 티민 틴은 생각했다. 그는 다른 이들이 자리를 뜨고 나서도 한참 동안 그 모습을 지그시 바라보았다.

다음 날 아침, 티민 틴은 토바에게 말했다. “이상한 꿈을 꿨습니다.”

“어떤 꿈이었나요?”

“난생처음 보는 탈것에 남자가 몇 명 타고 있었습니다. 저는 어떤 건물 안에서 그게 멈춰 서는 걸 지켜보고 있었죠. 남자들이 내리자, 저는 그들에게 무기를 겨누었습니다. 기다란 관처럼 생긴 것에 손잡이와 작은 막대기 모양의 장치가 달려 있더군요. 저는 그 사람들을 향해 막대기 모양을 당겼습니다. 그들은 죽었습니다. 이 꿈이 전생의 일부일까요?”

“장담하기 어렵네요.” 토바가 자신의 물품을 모아서 짐을 꾸리며 말했다. “그럴 수도 있겠죠. 현재로선 그런 걸 너무 심각하게 생각하지 않는 편이 좋습니다. 기억의 파편들이 스스로 제자리를 찾도록 그냥 두세요.”

티민 틴은 출발 전에 주사를 맞고 산길을 따라 수십 킬로미터를 이동한 후 그날 저녁에 또 한 대를 맞았다.

“무슨 일이 벌어지고 있는 기분입니다.” 티민 틴이 말했다. “오늘 머릿속에, 뭐랄까, 이상한 무언가가 침입했다고 해야 할까요."

"어떤 침입 말입니까?"

"그림이나 단어 같은……."

선닥이 티민 틴 가까이 다가왔다.

"무슨 그림이었습니까?" 선닥의 물음에 티민 틴은 고개를 흔들었다.

"너무 찰나였어요. 눈 깜짝할 사이라서 더는 생각이 안 납니다."

"그러면 단어는요……?"

"외국어였지만 눈에 익었어요. 그것도 더 기억나는 게 없네요."

"좋은 징조로 받아들이면 됩니다." 선닥이 말했다. "주사 효과가 나타나기 시작했군요. 오늘 밤에는 기묘한 꿈을 더욱 많이 꾸게 될 겁니다. 하지만 신경 쓰지 마십시오. 보이는 대로 순순히 받아들이는 게 상책입니다."

그날 밤, 티민 틴은 명상하는 시간을 갖지 않고 일찍 잠자리에 들었다.

이튿날 아침이 되자 티민 틴의 태도가 평소와 달랐다. 꿈에 관해 토바가 물었지만, 티민 틴은 간단히 "단편들에 불과해요"라고만 답했다.

“단편? 어떤?”

“기억이 잘 안 나네요. 중요한 건 아니에요. 아침에 맞을 주사나 놔주시죠, 네?”

“마지막으로 하신 말씀은 중국어가 아니었는데, 알고 있으십니까?”

티민 틴의 눈이 휘둥그레졌다. 그는 시선을 피해 자신의 발을 내려다보았다. 그러더니 토바에게 다시 눈길을 보냈다.

“아뇨. 그냥 나온 겁니다.”

티민 틴의 두 눈에 눈물이 가득 차올랐다.

“나한테 무슨 일이 일어나고 있는 겁니까? 누가 이긴 거죠?”

“당신이 최후의 승자가 될 겁니다. 잃어버린 걸 되찾으면요.”

“하지만 어쩌면…….” 그때, 티민 틴의 표정이 싹 변했다. 눈은 가늘어지고 볼에 파인 주름은 옮어지며 입가에는 미소를 머금었다. “당연히 제가 되겠죠. 그리고 감사드립니다.”

“얼마나 더 가야 합니까?” 티민 틴이 물었다.

“설명하기 어렵습니다만.” 토바가 말했다. “우선 사흘 후에는 이 산에서 벗어나야 합니다. 그런 다음에 한 일주일 이동하면 우리가 목표로 한 주요 오솔길에 접어들 겁니다. 그 후에는 한결 수월해집니다만, 정확한 목적지는 가다가 들리는 휴게소에서 어떤 소문을 듣느냐에 좌우될 겁니다. 이제 치료해 드릴게요."

"좋습니다."

그날 저녁과 그다음 날, 티민 틴은 어떤 기억이 떠올랐는지에 대해 입을 열지 않았다. 물어도 애매한 답변만 돌아왔다. 그래도 선닥과 토바는 문제 삼지 않았다. 치료는 계속되었다. 다음 날 오후, 작은 언덕을 향해 나 있는 산길을 지나고 있을 때, 티민 틴은 주의를 끌려고 그들의 소매를 잡아당겼다.

"누가 우리 뒤를 밟고 있어요." 티민 틴이 속삭이듯 말했다. "아무 일 없다는 듯 계속 가세요. 나는 조금 이따 합류하겠습니다."

"기다려요!" 토바가 말했다. "당신이 위험한 일을 하지 않으면 좋겠습니다. 자, 보세요. 보셔도 잘 모르겠지만 그런 무기가 우리한테 있어요. 우린……."

토바는 티민 틴이 웃자 말을 하다 말고 입을 다물었다.

"그래요?" 티민 틴이 말했다. "정말 장담할 수 있습니까? 그 무기로는 저 위에서 빗발처럼 쏟아지는 화살을 막지 못할 것 같은데요. 아까 말했듯이 나는 조금 후에 합류하겠습니다."

티민 틴은 몸을 돌려 오른쪽에 펼쳐진 암벽 사이로 사라졌다.

"어떡하죠?" 토바가 물었다.

"그가 말한 대로 계속 가야죠." 선닥이 대답했다. "그 사람은 바보가 아니잖습니까."

"하지만 정신이 멀쩡하지는 않잖아요."

"분명한 건, 그는 자신이 말한 것보다 더 많은 걸 기억하고 있단 거예요. 지금은 그를 믿어봐야죠. 선택의 여지가 별로 없으니."

그들은 가던 길을 계속 갔다.

거의 한 시간이 지났다. 바람이 엄청난 속도로 곁을 스쳐 지나가고 말발굽 소리가 암벽에 부딪혀 온 산에 울려 퍼졌다. 선닥은 티민 틴을 찾으러 돌아가자는 토바를 두 번이나 말렸다. 이제 선닥의 얼굴도 긴장으로 굳어졌고 눈은 자꾸만 높은 곳을 향했다. 두 사람 모두 평소보다 웅크린 자세로 말을 탔다.

"만약 그를 놓친 거면," 토바가 입을 열었다. "문제가 심각해집니다."

선닥은 자신 없는 목소리로 대답했다. "놓치지 않았어요."

그들이 말을 타고 조금 더 달려가던 중에 저 앞에서 검은 물체가 바닥으로 툭 떨어졌다. 그 물체는 바닥에 부딪히자 튀어 오르더니 데굴데굴 굴러 언뜻 돌처럼 보였다. 사람 머리였다. 곧이어 몸통이 땅바닥에 쿵 하고 떨어졌다. 이윽고 시신 두 구가 연이어 떨어졌다.

누군가 고함치는 소리가 온몸을 휘감으며 울려 퍼지자 그들은 말고삐를 당겼다.

어디서 나는 소리인지 두리번거리는 두 사람 눈에 오른쪽의 산세가 험준한 바위산 꼭대기에 서 있는 티민 틴의 모습이 보였다. 티민 틴은 기병용 칼을 흔들고 바닥에 내려놓더니 암벽을 타고 내려오기 시작했다.

"놓친 게 아니라고." 선닥이 말했다.

티민 틴이 산을 내려와서 그들에게 다가오자, 토바는 안색을 바꾸며 미간을 찌푸렸다.

"쓸데없이 위험을 감수했군요." 토바가 말했다. "우리한테 어떤 무기가 있는지 당신은 모르잖아요. 우리가 도울 수 있었단 말입니다. 3대 1로 싸우면 이길 승산은 크지 않아요."

티민 틴이 피식하고 웃음을 흘렸다.

"일곱 명이었어요." 티민 틴이 대답했다. "세 명이 마침 벼랑 끝에 서 있길래 밀어버린 겁니다. 내가 괜한 모험을 한 게 아니에요. 당신들 무기는 오히려 걸리적거리기만 했을걸요."

선닥은 나직하게 휘파람 소리를 냈고, 토바는 고개를 절레

절레 흔들었다.

"걱정했어요. 당신 역량이 어떻든지 간에 심리 상태는 아직 정상이 아니니까요."

"멀쩡합니다." 티민 틴이 대답했다. "우리 가던 길을 계속 가볼까요?"

세 사람이 말없이 한참을 가다가, 선닥이 물었다. "지금 기분이 어떠세요?"

티민 틴이 고개를 끄덕였다.

"좋아요."

"뭔가 고민이 있는 것처럼 인상을 찌푸리고 있어서요. 아까 오후에 벌어진 싸움 때문인가요?"

"네, 마음이 좀 쓰이네요."

"이해합니다. 수도승도 당신의 한 모습이니까요……."

티민 틴은 맹렬히 고개를 저었다.

"아뇨! 그게 아닙니다. 자기방어로 살인을 할 수도 있죠. 그리고 아까는 확실히 정당방위였고요. 내가 염려하는 건 행동과 그 행동의 정당성, 업보 같은 차원을 넘어선다는 겁니다."

"그게 뭐죠?"

"사람을 죽이는 데서 내가 쾌락을 느낀다는 사실을 몰랐습니다. 꿈에서 본 게 경고였다는 걸 이제 알겠어요."

"쾌락이 엄청났나요?"

"그렇습니다."

"순조롭게 해치워서 자부심을 느꼈던 것 아닐까요?"

"그것도 분명 영향이 있지만, 근원은 더 깊은 곳에 있어요. 이성은 없고 감정만 있는 그런 곳 말이에요. 내 행동의 동기에 대해 의문을 품고 그 감정을 자세히 들여다봤지만, 쾌락이 존재한다는 단순한 사실 말고는 더 알아낸 게 없어요. 하지만 한 가지 궁금한 건……."

"어떤?"

"내게 무슨 일이 일어났는지, 내가 누군지, 내가 무슨 짓을 했는지를 잊게 한 데는 분명 그럴 만한 이유가 있었을 겁니다. 혹시 내가 위협적인 존재, 위험인물이었던 걸까요?"

"계속 당신이 답답해하고 속을 태우니 차라리 솔직하게 말씀드리죠." 선닥이 말했다. "그래요, 맞습니다. 그런데도 당신은 살해당하지 않았다는 사실도 알아야 합니다. 그만큼 당신을 살려둘 가치가 있었다는 뜻이죠."

"그게 뭡니까?" 티민 틴이 말했다. "내 존재에 어떤 도덕적 가치가 숨겨져 있어서, 어떤 선량한 황태자가 그게 전생의 내 모습들과 균형을 맞출 때까지 키워주시려 했다는 건가요? 아니면 이용 가치가 있던 도구를 없애고 싶지 않았던 건가요?"

"둘 다 해당하겠죠." 선닥이 말했다. "당신에게 빚진 것도 있고요."

"황태자에 대해서는 보통 기억이 잘 나지 않죠. 딱 한 가지는 알겠어요. 과거의 나를 소환하고 싶어 하는 사람이 있다는 걸요. 누군지는 모르겠지만 당신들을 이곳으로 보낸 사람이 내가 누군가를 죽여줬으면 한다는 거죠. 맞나요?"

"그 문제는 나중에 얘기하는 게 좋을 듯합니다. 치료가 완전히 끝나고 나서요."

선닥이 이렇게 말하고서 걸음을 재촉하려고 말고삐를 흔들려는데, 티민 틴이 고삐를 꽉 쥐고 있었다.

"이제," 티민 틴이 입을 열었다. "이제는 알고 싶군요. 내 물음에 그렇다, 아니다 하는 대답만 들어도 이해할 만큼 자각은 있습니다."

선닥이 티민 틴의 검은 눈동자를 바라보다 시선을 돌렸다.

"예, 라고 하면요?"

"대답해 보시면 곧 알게 되겠죠."

"저기, 난 말이에요, 당신에게 뭔가를 제안할 만한 위치에 있지 않습니다. 우리가 목적지에 도착할 때까지 좀 기다려줄 순 없나요? 그때는 당신도 좀 더 스스로를 통제할 수 있을 테고, 거기 가면 그 사람이…….”

“그렇습니까, 아닙니까?” 티민 틴이 이렇게 물었을 때, 토바가 두 사람 곁으로 다가왔다.

선닥이 토바에게 눈길을 주자, 토바가 고개를 끄덕였다.

“그래요, 맞습니다. 어떤 사람이 한 남자를 죽이고 싶어 하는데 이 일에 당신을 적임자로 여깁니다. 그래서 우리가 당신을 데리러 온 거죠.”

티민 틴은 말고삐를 놓아주었다.

“지금은 그걸로 됐어요.” 티민 틴은 말했다. “아직 세세한 것까지는 별 관심이 없네요.”

“음, 얘기를 듣고 나니 기분이 어때요?”

토바가 물었다.

“내가 필요하다니 좋죠. 출발합시다.”

“차분하게 들으시던데. 이런 임무를 맡는 데 흥미가 어느 정도 느껴지나요?”

“아주 많이요. 이렇게까지 애를 써가며 나를 부활하려고 하니까요. 하지만 그보다 더 궁금한 점이 있습니다.”

“그게 뭔가요?”

“저는 강한 사람이고 치료를 거듭할수록 더욱 강해지는데요. 그런데도 여전히 저에게 수도승의 모습이 있어요. 앞으로도 계속 그럴까요?"

"그럼요. 수도승도 당신이 지닌 모습 중 하나니까요."

"다행입니다. 제 삶에서 이 부분을 완전히 잃고 싶지는 않거든요. 유일하게 마음을 평온하게 하니까요. 묘한 양심 같은 게 느껴져요."

"그게 방해 요인이 되지 않길 바랍니다."

"그거야 당신들이 내게 뭘 요구하느냐에 전적으로 달려 있죠."

"아까는 세부적인 사항은 관심 없다고 하셨던 것 같은데요?"

"그건 다른 사람이 한 말인데요."

"알겠습니다. 사실은 로드라는 게 있어요. 끝도 없이 이어져 있죠. 로드를 확실히 터득하고 있는 사람, 적절한 입구와 출구, 구불구불한 길이나 갈림길을 아는 사람이라면 누구나 로드를 따라 어떤 시대든 어떤 장소든 다 갈 수 있습니다. 그런 수많은 사람 중 한 사람에게 블랙 데케이드가 선언됐는데……."

"블랙 데케이드?"

"선언한 쪽은 적에게 아무 경고 없이 열 번의 살해 시도를 할 수 있어요. 어떤 방식으로든 가능합니다. 대리인을 써도 되고요."

"그러면 당신 고용주는 제가 그런 대리인이 돼주길 바라는 건가요?"

"그렇습니다."

"애초에 블랙 데케이드라는 게 선언된 이유가 뭡니까? 그 사람이 무슨 짓을 했는데요?"

"저도 잘 모릅니다. 하지만 당신은 그의 얼굴을 볼 기회조차 없을 수 있어요. 다른 사람이 먼저 그를 붙잡을 수도 있거든요. 그러면 당신의 양심에 거리끼는 일은 없겠지만요."

"그럼, 당신들은 저를 예비 인력으로 두려고 이 고생을 하고 있단 말씀입니까?"

"맞습니다. 그 사람에게는 그런 노력을 들일 만하거든요."

"다른 이들이 저와 실력이 비슷하다면 그 사람을 놓칠 리 없겠죠. 하지만 그 모든 공격에도 살아남으면 어떡합니까?"

"전에 그런 경우가 있었는지는 잘 모르겠네요."

"하지만 그 사람은 뭔가 좀 특별한가요?"

"그렇다고 들었어요. 아주 남다른 데가 있다더군요."

"알겠어요. 어서 야영합시다. 명상을 해야겠어요."

"물론입니다. 가볍게 결정할 일은 아니죠."

"전 이미 결정했는데요. 제가 지금 욕을 먹은 건지 칭찬을 받은 건지 알고 싶네요."

그들은 널브러진 시신을 지나 말을 타고 달렸다. 햇빛이 구름을 뚫고 쏟아졌다. 말을 타고 언덕을 힘껏 내달리자 세찬 바람이 얼굴을 스쳤다.

레드는 흙길을 따라 천천히 차를 몰았다. 돌과 통나무로 지어진 건물이 들어선 다음 휴게소는 11C 아프리카를 달리는 경로에서 마지막 휴게소였다. 레드는 주차장으로 들어가서 유선형의 진줏빛 위그선* 옆에 차를 댔다.

"꽤 멀리서도 왔네." 레드가 말했다. "누구 거지?"

레드는 보조석 서랍에서 플라워스를 꺼내고 운전석 뒤에서 총을 꺼낸 다음, 차 문을 열었다. 차에서 내려 좌석 밑을 더듬어 가죽 칼집에 꽂아둔 칼을 찾았다. 허리에 칼을 차고 문을 잠근 후, 트럭 짐칸에서 배낭을 빼내고는 열어서 안을 살폈다.

---

* 지면 효과를 이용해 물위나 평지를 빠르게 이동하는 기계.

"물 빼고 필요한 건 다 있네. 책도 한 권 있으면 좋겠군. 일단 안으로 들어가 보자. 여기 잠시 주차할 거라고 말해둬야 하니."

"시간이 좀 늦었죠. 그리고 운전도 많이 했잖아요. 오늘은 여기서 묵고 아침에 출발해야겠네요."

레드는 하늘을 올려다보았다.

"아직 몇 시간은 거뜬히 발품 팔 수 있는데."

"…… 그러고 나서 야영하느라 온갖 고생을 사서 하고 길에서 하루 더 묵겠죠. 그렇게 큰 차이가 있을까요?"

"글쎄."

"…… 식사도 괜찮게 할 수 있을 텐데요."

"그건 네 말이 맞아." 레드는 소총을 어깨에 메고 가방을 들어 올려 플라워스를 넣었다. "가서 메뉴가 뭔지, 방은 어떤지 알아보자. 하지만 둘 다 썩 좋지 않으면 차라리 길에서 자는 게 나을 거야."

레드는 본관으로 걸음을 뗐다. 로비에는 프랑스 억양에 나이가 지긋한 주인장과 젊고 풍만한 몸집의 현지인 아내가 커다란 선풍기를 틀어놓고 고리버들 의자에 앉아 있었다. 레드가 들어가자, 주인 남자는 미소를 띠며 책과 잔을 내려놓고는 자리에서 일어났다.

"어서 오세요. 어떻게 모실까요?"

"안녕하세요. 레드 도라킨입니다. 저녁 메뉴가 뭔지 알 수 있을까요?"

"피터 라발이에요. 이쪽은 베티고요. 오늘 저녁은 토종 고기를 넣고 정성스레 양념한 스튜예요. 여기서 만든 맥주나 수입 와인을 곁들일 수 있어요. 원하시면 주방을 둘러보고 냄비에 코를 대고 냄새 맡아보세요."

"그럴 필요 없어요. 냄새가 여기까지 확 풍기는데요. 향이 좋네요. 방은 어떤가요?"

"와서 보세요. 모퉁이 돌면 바로 나와요."

레드는 남자를 따라서 짧은 복도를 지나 아담하고 깨끗한 방으로 들어갔다.

"나쁘지 않네요. 이 방으로 할게요." 가방에서 플라워스를 꺼내 주머니에 넣고 가방을 바닥에 내려놓은 다음, 침대에 총을 올려두고 그 옆에 재킷을 던져두었다.

"…… 그리고 맥주는 지금 마시면 좋겠는데요."

"이쪽으로 오세요. 필요하시면 지금 방 열쇠도 드릴게요."

레드는 방문을 닫고 남자를 따라 복도로 나섰다.

"주시면 좋죠. 다른 투숙객이 많나요?"

"아뇨, 오늘은 손님 혼자만 오셨어요. 한산하네요, 평소처럼."

"저기 있는 멋진 자동차는 당신 건가요?"

"아닙니다. 제 차는 뒤에 있어요. 더구나 과시할 만한 것도 못 되죠."

"그럼 누구 거죠?" 레드는 남자에게 물으며 프런트로 걸어가 방명록을 작성하고 열쇠를 건네받았다.

"와! 보들레르의 시를 읽고 있군요! 제가 굉장히 좋아하는 시집이에요. 세상 모든 위선을 간파하는 사람이 나오죠! '저항 없이 너그러이 응해주는 네 살덩이 위에서 한없는 욕망을 채웠던가!'"

"…… '대답하라, 더러운 송장이여!'*" 레드가 이렇게 응수하고는 고개를 끄덕이며 남자를 따라 작은 술집으로 들어갔더니, 커다란 잔에 담긴 맥주가 나왔다. "차 주인이 누구죠?"

라발은 픽 웃더니 레드를 테라스로 안내하고 산을 가리켰다.

"대단히 특이한 사람이었는데," 라발이 말했다. "지난주에 저쪽으로 걸어갔습니다. 큰 키에 마르고 라스푸틴**을 닮은 눈에…… 어딘가 모딜리아니의 인물화에 나올 법한 그런 손을 가졌더군요. 그리고 머리부터 발끝까지 온통 녹색이었어요. 거기에 커다란 에메랄드 반지까지 끼고 있었죠. 어디로,

---

* 보들레르의 시집 『악의 꽃』 중 「순교의 여인」에서 인용.

** 1872~1916. 제정 러시아의 성직자.

무슨 이유로 가는 건지 밝히지 않았어요. 이름이 존이라고만 했어요."

플라워스가 끽끽 작은 소리를 냈다. 레드는 압전 버튼을 엄지손가락으로 살짝 눌렀다.

"…… 솔직히 말하면, 그자가 떠나버려서 속이 시원했어요. 난폭하거나 무례하게 군 건 아니지만요. 그냥 여기 있는 것만으로도 불편했거든요."

레드는 맥주를 한 모금 홀짝였다.

"제가 마시던 게 안에 있는데, 로비에서 저희와 같이 한잔하시겠어요? 거기가 좀 더 시원해요."

레드는 고개를 가로저었다.

"전 여기서 경치를 즐길게요. 어쨌든 고맙습니다."

라발은 어깨를 으쓱하더니 자리를 떴다. 레드는 플라워스를 집어 들었다.

"잡았어." 레드가 중얼거렸다. "같은 사람인 것 같아. 보아하니……."

"그런 게 아니에요." 작은 목소리가 흘러나왔다. "동일 인물일 수도 있지만. 그것 때문에 제가 경계태세를 취한 게 아니에요. 마이크로파로 트럭의 감지기를 통해 주기적으로 정찰을 해왔어요. 그리고 뭔가를 포착했어요."

"뭔데?"

"뭔가 수상한 전기적 신호가 남서쪽에서 다가오고 있어요. 주위가 이렇게 조용하니 위치를 파악하긴 쉬워요. 제법 빠른 속도로 오고 있는데요."

"크기가 얼마나 되지?"

"아직 모르겠어요."

레드는 맥주를 한 잔 더 마셨다.

"그래서? 뭘 해야 하지?"

"총 가지고 와서 들고 있어요. 수류탄도요. 지금 뭘 지니고 있는지 모르겠지만요. 그리고 전에 만났던 의사에게 이미 메시지를 보내놨어요."

"정말 그가 찾던 사람이라고 생각하는 거야?"

"그런 낌새가 보인다는 것 인정하세요. 위험을 감수하지 말자고요."

"싸우자는 게 아니야."

레드는 마시던 맥주를 선반에 올려놓고 트럭 쪽으로 눈길을 돌렸다.

"이런, 플라워스." 레드가 말했다. "저쪽에 뭔가 떠 있는데, 새는 아니야."

"추적하고 있어요. 바로 저거예요. 지금이라도 뛰어가면 총을 가지고 올 수 있을 거예요."

"아, 종이고 뭐고 됐어." 레드는 새 담배의 포장지를 뜯어 불을 붙이면서 말했다. "거추장스럽기만 할 뿐이지. 그래도 너는 그 새로운 프로그램 루틴을 시험해 볼 수 있겠네."

레드는 맥주를 가져와서 테라스 끝에 앉았다.

"의사에게 답신이 왔어요. 그가 근처에 있네요. 이쪽으로 오는 중이에요."

"잘됐군."

레드는 플라워스를 펼쳐 몇 줄 읽었다.

"상당히 느긋하시네요."

"음, 술도 있고 담배도 있고 좋은 책까지 있는데, 안 그럴 게 뭐 있어?"

"준비를 철저히 하지 않는 것 같은데요."

"여긴 내 구역이니까……. 그리고 이미 상대를 언뜻 봤어."

"그래서요……?"

"지금 도착했군."

로봇이 주차장 위에 다다르자 속도를 줄였다. 로봇 등에는 온통 노랗게 차려입은 남자가 타고 있었다. 로봇은 점점 속도를 줄이면서 똑바로 서더니 부드럽게 하강하다가 테라스에서 십오 미터가량 떨어진 곳에 착지했다.

레드는 맥주를 몇 모금 마시다가 내려놓고는 자리에서 일어나 웃으면서 한 발 앞으로 내디뎠다.

"몬디, 잘 지냈나?" 레드가 인사를 건넸다. "자네 친구는 누구지?"

"레드……." 몬다메이가 입을 뗐다.

"입 다물어!" 존이 말하면서 몬다메이 등에서 내려오더니 기지개를 켰다. 손가락에 낀 황옥 반지가 햇빛에 번쩍거렸다. "그대로 있어! 전투 시스템 가동!"

존은 앞으로 걸어 나와 허리를 푹 숙였다.

"존이라고 부르면 돼. 보아하니 그쪽이 레드 도라킨?"

"맞아. 뭐 도울 일이라도?"

"사실은, 있지. 네가 죽어줘야겠어. 몬다메이—!"

"잠깐만. 이러는 이유나 좀 압시다."

존이 도중에 멈칫하더니 재빨리 고개를 끄덕였다.

"말해주지 뭐. 사적인 감정은 눈곱만큼도 없다는 걸 확실히 해두고 싶어. 큰돈을 벌려고 의뢰받은 일을 할 뿐이야. 이런저런 개인적인 야망 때문에 돈이 좀 필요하거든. 이름이 채드윅이라는 자가 나를 고용하더군. 오! 고개를 주억거리네. 하긴 이미 짐작은 했겠지? 옛 친구가 최악의 적이 될 수도 있지. 안타까워. 근데 어쩌겠어. 설교를 늘어놓진 않을게.

너한테 피가 되고 살이 되기엔 좀 늦어서 말이야."

"그러면 당신이 의뢰를 받아 내 행선지를 알아냈고, 이 일을 맡아 처리할 정교한 기계를 찾아낸 건가……?"

"요약 한번 참 잘하네. 채드윅이 나를 적임자로 여겼지……."

"대리인을 쓴다는 건 두려워서라고 봐야 하나?"

"두렵냐고? 채드윅이 무서워서 날 고용한 게 아닌 것처럼 나도 무서워서 로봇을 쓰는 게 아니야. 그는 무지하게 바쁜 사람이야. 나처럼 일을 효율적으로 하고 싶었던 거지. 상대가 누구든 내가 싸움을 무서워할 것 같나?"

레드가 웃었다.

"아니거든." 존이 그 미소를 거슬려하며 말을 계속했다. "나를 자극해서 손 안 대고 코 풀 생각은 마. 난 내가 더 잘 아니까. 네가 날 어떻게 생각하든 상관없어."

레드가 빠끔빠끔 담배를 피웠다.

"재밌네. 그럼 당신에 대해서 내게 귀띔해 준 남자가 지금 이쪽으로 오고 있는데, 어차피 별 관심도 없겠군."

"남자? 어떤 남자?"

레드가 도로를 힐끔 쳐다보았다.

"황금빛 큰 눈에, 햇볕에 심하게 탄 사람이지. 이리로 오던 길에 로드의 휴게소에서 만났는데, 1920년대식 멋진 소형 로드스터를 몰고 찢어진 셔츠를 입고 있었어. 당신에게 얼음깨는 송곳으로 뇌엽절제술을 할 거라고 말했는데."

"네 말을 믿을 것 같아?"

레드가 어깨를 으쓱해 보였다.

"직접 물어보지 그래? 저기 오는 게 로드스터 같은데."

존은 고개를 돌려 부연 먼지를 잔뜩 일으키며 달려오는 차량을 쳐다보았다. 레드가 앞으로 뚜벅뚜벅 걸어갔다.

"멈춰! 거기 서!" 존이 획 돌아서서 눈알을 부라리며 한 손을 들어 올렸다. "날 속이려는 수작이라면 소용없어. 그게 아니라면 기꺼이 저 녀석도 같이 죽여주지. 몬다메이! 레드 도라킨을 잿더미로 만들어버려!"

몬다메이는 오른팔을 들어 올려 팔에 장착된 기관포를 내밀어 레드를 겨냥했다. 어깨 부근에서 불꽃이 번쩍이고 치지직하는 소리가 났다. 기관포에서 연기 한 줄기가 가늘게 피어올랐다.

"또 합선됐습니다." 몬다메이가 상태를 알렸다.

"'또'라니? 그게 무슨 말이야?" 존이 의아해했다.

"수천 년 동안 이 모양이죠."

"그러면 저놈을 산산조각 내버려! 날려버리라고! 폭탄을 터뜨려! 무슨 수를 쓰든 상관없어!"

몬다메이 몸 안에서 윙윙 기계음이 울렸다. 램프가 빠른 속도로 깜빡거렸다. 기계장치 여기저기에서 절꺽절꺽하는 소리가 났다. 어디선가 작게 끽끽거리는 소음이 나기 시작했다.

"저기, 존." 레드가 말문을 뗐다. "그 외계 종족이 뭣 때문에 몬다메이 같은 복잡한 장비를 남겨두고 갔는지 궁금하지도 않았나?"

"우리 문명이 그들의 뜻에 반하는 방향으로 발전하면 몽땅 때려 부수고 우리를 다시 미개 상태로 되돌리려는 속셈이라고 짐작했지."

"천만에. 그 정도로 치밀한 계산이 깔려 있는 건 아냐. 대규모 시스템 장애가 있었어. 몬다메이는 수리가 불가능해서 버려진 거지. 하지만 몬다메이는 지각능력을 가진 로봇이어서 그들이 연민을 느끼고는 좋아하는 일을 즐기면서 인간으로 변장해서 살도록 두고 간 거야. 결국 그는 사람을 해치지 않는……."

"몬다메이! 그게 사실이야?"

몬다메이의 관절마다 연기가 새어 나왔고, 끽끽거리던 쇳소리는 울부짖듯 울리고 있었다. 램프는 계속해서 깜빡이고 철커덕하는 소리는 그칠 줄을 몰랐다.

"그렇습니다, 존." 몬다메이가 대답했다. "젊은 시절에 한 세계를 너무 많이 불태워서 그런 건지……."

"왜 나한테 말 안 했어?"

"물어보지 않았잖아요."

레드는 다시 앞으로 걸어갔다.

"그러니," 레드가 말했다. "수임료는 좀 힘들게 벌어야 할 거야."

존이 입가에 미소를 머금고 레드를 뒤돌아보았다.

"그래, 어쩔 수 없지. 넌 소원 풀이하고 난 내 손에 피 묻히고 말이야." 존은 레드 쪽으로 걸음을 옮겼다. "내가 어떻게 나올지 네가 수고스럽게 고민하지 않도록 미리 알려줄게. 한 손으로 네 목을 잡고 공중으로 쭉 들어 올려 네가 달랑달랑 매달려 있는 동안 목을 조를 거야. 날 너무……."

순간 존은 눈이 휘둥그레지더니 걸음을 멈췄다. 양손을 천천히 자신의 얼굴로 들어 올렸다.

"뭐지……?"

"내가 손에 피를 묻히고 싶은지 아닌지 안 물어봤잖아." 레드는 힘을 잃고 넘어지는 존을 따라 플라워스를 천천히 돌리면서 말했다. "난 그러고 싶지 않거든."

존은 풀썩 쓰러지더니 움직이지 않았다. 왼쪽 귀에서 피가 주르르 흘렀다.

"봤죠? 난 항상 초음파가 나오는 스피커를 갖고 싶었다고요." 플라워스가 말했다. "더 좋은 모델로 사줬더라면 이렇게 바짝 댈 필요도 없었잖아요."

로드스터가 주차장으로 들어오는 동안, 레드는 몬다메이에게 다가가 크리스털 키를 돌려서 빼고 그에게 건네줬다.

"자네가 안전한 곳에 두거나 없애버리는 게 좋겠어." 레드가 말했다.

"이게 있는지도 몰랐네." 몬다메이가 말했다. "특별히 다시 제작했거나 로드의 어디 다른 샛길에서 손에 넣은 모양인데. 그나저나 자네를 거의 못 알아봤어. 더 젊어 보여."

존이 앓는 소리를 내며 몸을 일으키기 시작했다. 레드가 몸을 숙여 존의 턱을 주먹으로 갈겼다. 존은 다시 털썩 쓰러지고 말았다.

"음, 마무리까지 깔끔하게 해야지." 레드가 말했다. "마침 자네를 보러 가던 중이었어."

로드스터가 속도를 늦추며 멈춰 섰다. 문이 쾅 닫혔다.

"만나서 정만 반가……."

"플라워스, 잠깐 기다려줄래? 이분과 말씀 좀 나누고 싶거든."

레드는 검은 가방을 메고 자신에게 성큼성큼 걸어오는 몸집이 거대한 사람을 향해 몸을 돌렸다.

"또 뵙습니다. 저희가 틀렸다면 괜한 걸음을 하신 건데, 어쩌죠?" 레드는 아래로 슬쩍 시선을 주며 말했다. "이자가 선생님이 찾던 그 사람이 맞습니까?"

체격이 건장한 의사가 고개를 끄덕이고는 가방을 열었다.

"맞네요. 어디 다친 데는 없습니까?"

"저는 괜찮습니다. 이자는 초음파 충격을 받고 턱도 한 방 먹었지만요."

눈이 황금빛인 의사는 존의 눈과 귀를 살피고 심장박동을 확인했다. 그런 다음, 앰플에서 약물을 빼내 주사기에 채우고 무릎을 꿇은 자세로 존의 오른쪽 팔뚝에 대량으로 주입했다. 바지 뒷주머니에서 수갑을 꺼내 존의 양팔을 뒤로 꺾어 수갑을 채웠다. 그러고는 온통 노란색으로 뒤덮인 존의 몸을 샅샅이 뒤져 소매 끝단, 깃, 팔소매, 부츠에서 작은 장치 여러 개를 뜯어냈다.

"이만하면 된 것 같아요." 의사가 가방을 닫고 일어서며 말했다. "전에 말씀드린 대로, 이 사람은 매우 위험한 인물입니다. 어떻게 그의 주의를 끌게 됐죠?"

"저를 잡기 위해 고용된 사람이에요."

"누군가 당신을 몹시 잡고 싶은가 보군요. 그가 청구한 그 정도 보수를 지급한다는 걸 보니."

"네. 곧 뭔가 대책을 세워야겠죠."

의사는 레드를 잠깐 빤히 쳐다보았다.

"이 문제를 해결하는 데 도움이 필요하다면 제가 흔쾌히 도와드리겠습니다."

레드는 아랫입술을 깨물고 천천히 고개를 저었다.

"고맙습니다, 선생님. 진심으로 고맙게 생각해요. 하지만 마음만 받겠습니다. 이 일은 매우 특수한 경우라서요."

의사는 보일 듯 말 듯 웃으며 알겠다는 듯이 고개를 끄덕였다.

"본인이 처한 상황은 본인이 가장 잘 아는 법이죠."

의사는 허리를 굽혀 반듯하게 누워 있는 사람을 한 손으로 거뜬히 들어 올렸다. 그때 등에서 셔츠가 우지직 찢어졌다. 존을 어깨에 들쳐 멘 의사는 몸을 돌려 레드에게 손을 내밀었다.

"환자를 찾아줘서 고마워요. 문제가 잘 해결되길 바랍니다."

"고맙습니다. 안녕히 가세요, 선생님."

"몸조심해요."

레드는 의사가 차로 돌아가 어깨에 짊어진 것을 싣고 나서 차를 타고 떠나는 모습을 지켜보았다.

"존이 저런 꼴을 당하는 걸 보니 기분이 좋군." 몬다메이는 이렇게 말하며 기관포가 들어간 금속 팔을 뻗어 레드의 어깨에 손을 얹었다. "그건 그렇고, 존이 자네 차량 어딘가에 감춰둔 추적 장치로 자네의 위치를 관찰했어. 자네가 최근 들른 정비소에서 장치를 달았다더군. 존이 말해줬어. 우선 장치부터 찾아서 제거하는 게 좋겠네."

"좋은 생각이야. 한번 살펴보자." 그들은 트럭으로 갔다. "플라워스, 어째서 그걸 감지하지 못했지?"

"특이한 파장인가 봐요. 모르겠네요. 살펴볼게요."

"나한테 소개해 주지 않았는데." 몬다메이가 말했다.

"응? 아, 그분이 존 때문에 너무 바빠 보여서 방해하고 싶지 않았거든."

"의사 양반 말고. 여기 있는 플라워스 말일세. 자네가 책을 건네줬을 때 내가 고도로 발달한 인공지능을 들고 있는 줄은 미처 몰랐거든."

"미안. 사정을 고려해서 좀 봐줘. 몬다메이, 플라워스를 소개할게. 플라워스, 이쪽은 살인 기계 몬다메이."

"반가워요." 몬다메이가 말했다.

"저도요. 굉장히 힘든 상황인 것 같네요. 기능을 상실해 버린 온통 죽은 회로뿐이니."

"오, 그렇게 나쁘진 않습니다. 예전에 하던 일만큼 지금 하는 일을 즐기거든요."

"뭘 하시는데요?"

"도자기를 빚어요. 다른 일들도 몇 가지 하지만요. 정밀한 예술 작업을 좋아해요."

"아주 멋지네요. 저도 손으로 하는 일을 좀 할 수 있을 것 같아요. 한번 해보고 싶네요. 언제 한번 도자기 빚는 모습을 보고 싶은……."

"플라워스," 레드가 말을 끊고 물었다. "추적 장치 찾아냈어?"

"네. 차체 하단부에 있어요. 왼쪽 뒤 타이어 약간 앞에요."

"고마워."

레드는 트럭 뒤로 가서 웅크려 앉았다.

"네 말이 맞아." 잠시 후, 레드가 말했다. "여기 있네."

레드는 장치를 뜯어내고 위그선 앞으로 가더니 앞 범퍼 안쪽에다 단단히 붙였다. 그러고는 몬다메이가 플라워스를 대충 넘겨 보며 서 있는 곳으로 돌아왔다.

"우리가 저걸 발견했다는 걸 좀 알려주려고." 레드가 말했다.

"…… 이 「풍경」이라는 시 정말 훌륭하군요." 몬다메이는 플라워스에게 말을 걸고 있었다.

"고마워요."

"저녁때가 다 됐는데." 레드가 끼어들었다. "같이 가지. 어떻게 지냈는지 얘기도 들려주고. 자네에게 묻고 싶은 게 많아."

"좋지." 몬다메이가 말했다. "아무튼 이번 일은 미안하네."

"자네 잘못이 아니야. 이 일에 대해 조언을 좀 해주면 고맙겠네."

"그럼요. 그리고 당신 얘기를 빨리 듣고 싶어요."

"어서 가자고."

"거기로 전류를 보내지 말아요! 거긴 간지러움 회로라는 건데…… 그만!"

레드는 걸음을 멈췄다.

"응?"

"미안. 내가 목소리를 내고 있는 줄 몰랐어. 플라워스가 내 하부장치 하나를 궁금해해서 말이야."

"아."

그들은 테라스를 지나 건물 안으로 들어갔다.

이걸로 끝이었다. 랜디는 그날 아침 줄리를 버스 정류장까지 차로 데려다주고 가방을 들어주며 잘 가라고 말했다. 지금쯤 그녀는 부모님이 계신 버지니아로 잘 가고 있을 터였다. 랜디는 아이스티를 몇 잔 만들어 마시느라 아파트의 작은 거실과 주방을 왔다 갔다 했지만 그녀의 물건은 하나도 보이지 않았다. 바로 전날 랜디는 마지막 기말시험을 치고 줄리와 함께 근사한 레스토랑에서 늦은 저녁을 먹었다. 심지어 식사에 어울리는 고급 와인까지 곁들였다. 그때는 두 사람 모두 관계가 끝났다는 말은 안 했지만 느낌은 그랬다. 이제 줄리는 버지니아로 돌아가는 중이고, 랜디는 여름방학 동안 일자리를 찾아야 했다. 줄리는 랜디와 함께 집에 가고 싶어 했다. 자신의 아버지가 랜디에게 여름 일자리를 알아봐

줄 수 있다고 했다. 하지만 랜디는 그게 자신의 발목을 잡을 것만 같았다. 아직 어떤 것에도 얽매이고 싶지 않았다. 처음에는 임시직이라는 조건에 의견 일치를 보아 괜찮았다. 하지만 그녀가 다른 제안을 하면서 말을 바꾸려 들었고, 랜디는 그런 일에 아무런 준비가 되어 있지 않았다. 마음 한구석에는, 계속 미루는 바람에 흔들리기도 했지만 어린 시절부터 언젠가는 찾아야겠다고 생각했던 어떤 결심이 여전히 잠재해 있었다. 게다가 학교도 걸렸다. 정착을 생각하기에 앞서 해두고 싶은 온갖 일들도 마음에 걸렸다. 안 된다. 줄리는 정착하는 걸 제안했고 랜디는 거절했다. 뭔가가 달라졌다. 지금의 기분이 전과는 달랐다. 이걸로 끝이었다.

랜디는 창가로 가서 캠퍼스 방향으로 세 블록 떨어진 곳을 저녁 내내 바라보았다. 랜디는 티셔츠에 무릎길이의 반바지를 입고 가죽 샌들을 신었다. 저 아래 길거리에 있는 사람들도 옷차림이 비슷비슷했다. 화창하고 습한 날이었다. 앞으로도 얼마간 이런 날이 계속될 것이다. 그의 빨간 머리는 어지럽게 헝클어져 있고 팔과 다리는 구릿빛이었다. 넓은 이마를 손등으로 쓱 닦으니 땀으로 축축했다. 볼에 아이스티 컵을 갖다 대고 창문 너머로 상점, 주차된 차, 지나가는 차, 자전거를 물끄러미 바라보았다. 가로수 나무에서 풀벌레 소리가 들렸다. 오렌지빛 고양이가 보도 위에서 녹고 있는 아이스크림을 핥았다.

끝났다……. 클리블랜드로 돌아가고 싶었다면 다시 건축일을 할 수도 있었다. 하지만 그것도 싫기는 마찬가지였다. 그러면 집에서 함께 살아야 했을 테니까. 어머니의 재혼 상대인 셸링 씨는 자신들이 얼마나 그와 함께 살고 싶은지 말하려고 직접 찾아오기까지 했었다. 소용없는 짓이었다. 랜디가 어렵사리 혼자 살 집을 장만하더라도 그들은 찾아올 것이다. 랜디는 그 남자를 딱 두 번 만났고 어머니가 재혼한지 거의 반년이 지났는데도 '셸링 씨' 외에는 어떤 호칭도 입 밖으로 나오지 않았다. 그 사람이 싫어서가 아니었다. 그를 잘 알지 못했고 알고 싶지도 않았기 때문이다. 그래, 거기로 다시 돌아가는 건 아니었다. 거기도 끝이었다.

랜디는 아이스티를 마시다가 침실로 향했다. 너무 더워서 생각을 할 수 없을 지경이었다. 어젯밤 그들은 늦게까지 밖에 있었고 오늘 아침 일찍 일어났다. 침대에 드러누워 시원한 바람이나 쐬면 고전문학 전공을 살릴 만한 여름 일자리에 대한 아이디어가 떠오를지도 몰랐다. 가을 학기에 언어학을 들을까? 로망스어는 어떨까? 비서나 통역사로 해외여행을 간다면 끝내줄 텐데…….

랜디는 책장을 지나면서 별다른 생각 없이 『풀잎』을 꺼냈다.

당시 그것은 그의 마음 한구석에 자리하고 있었다. 수색, 약속…….

랜디는 책을 들고 침실로 갔다. 거기서 마음을 채울 뭔가가 필요했다. 어쩌면 책을 가져간 이유도 그게 다였을지 모른다.

랜디는 베개로 몸을 받치고 책장을 넘기며 책을 읽었다. 이 책에는 이상하게도 마음을 홀리는 무언가가 있었다. 사실 지난 학기에 이 책을 일부러 피했다. 책장을 지나칠 때마다 책에 마음이 끌렸기 때문이다. 랜디에게 있는 아버지의 유품은 이 책이 다였다.

랜디가 마지막 장을 덮을 무렵, 바깥은 어둑해졌고 침실 조명이 곁에서 불을 밝히고 있었다. 유리컵 아래 물방울 자국은 아직 마르지 않고 침실 스탠드 위에 벤다이어그램 모양으로 고여 있었다. 랜디는 한 번도 본 적 없는 아버지를 생각했다. 폴 카르타고는 랜디의 어머니 노라와 짧은 기간 함께 살다가 떠나버렸고, 이후에 어머니는 자신이 임신했다는 사실을 알았다. 그는 지금 어디에 있는 걸까? 죽었을 수도 있다. 아니면 어딘가에 살아 있을지도. 랜디는 책의 맨 뒷장을 펼쳤다. 거기에 한 장뿐인 아버지의 사진을 끼워두었다. 흑백사진에는 숱 많은 곱슬머리에 어깨가 떡 벌어졌고 손이 큰 남자가 찍혀 있었다. 거칠지만 균형 잡힌 이목구비에 눈썹이 진했고, 밝은 톤의 정장과 넥타이가 불편한 듯 보였지만 아버지는 웃고 있었다. 운송……. 운송업을 한다고. 그 말은 택시 배차원부터 파일럿까지 어떤 것에도 해당할 수 있었다. 랜디는 아버지의 얼굴에서 자신의 모습을 찾았고 인정하며 눈길을 돌렸다. 그를 찾아야 했다. 그를 만나 이야기를 나누며 아버지는 누구인지, 어디에서 왔으며, 지금 다른 자녀가 있는지, 그 아이들은 어떻게 생겼는지 알고 싶었다. 폴 카르타고……. 그게 본명인지조차 랜디는 알지 못했다. 하지만 랜디가 찾아낼 만한 단서는 어디에도 없었다. 아버지가 파란색 도지 픽업트럭을 타고 한밤중에 떠났을 때 남긴 거라고는 밑줄 그은 『풀잎』 한 권과 배 속의 랜디뿐이었다.

랜디는 사진을 제자리에 넣고 책을 덮은 다음 들어 올려 보았다. 보기보다 무거웠다. 녹색 책등에 한 군데 해진 곳이 있어 그 사이로 가벼운 금속 물질이 살짝 보였다. 책을 다시 펼쳐서 책장을 대충 넘겨 보았다. 언뜻 봐서는 밑줄 친 부분에 뚜렷한 패턴은 없었다. 하지만 랜디는 처음 눈에 들어온 밑줄 부분부터 순서대로 쭉 소리 내어 읽기 시작했다. 전에는 하지 않았던 일이다. 이제껏 밑줄 친 부분을 따라 아버지의 감성을 더듬어볼 생각을 한 번도 안 했다니 참 이상했다. 무엇 때문에 해당 구절을 표시했을까? 물론 이 상태로 구입한 중고 책일 가능성도 배제할 수 없다. 그래도……. 표시된 구절마다 단지 친근함에서 오는 짜릿함을 넘어 랜디의 마음을 사로잡는 뭔가가 있었다. 자신의 영혼과 교감하기 위해 그에게 직접 말을 거는 듯한 거침없음, 자유, 불안이 있었다…….

"그저 내가 스무 살이라서 그런가? 십 년 후에 이 책을 우연히 접하더라도 이렇게 느낄까?" 랜디는 어깨를 으쓱하고는 책을 계속 읽었다.

산들바람에 커튼이 나부꼈다. 랜디는 잠시 멈추고 숨을 깊게 들이쉬었다. 시원한 바람이 살랑살랑 옆을 스치고 지나갔다. 그는 뭘 하고 있었던 걸까? 줄리를 잊으려고, 아니면 아버지에 대해 다시 조사하려고 책을 읽고 있었을까? 사실은 둘 다였다……. 하지만 지금 아버지를 수색하는 데 대한 생각이 꼬리에 꼬리를 물었기 때문에 중간에 멈출 수는 없었다.

바람이 이틀 만에 조금 선선해졌다. 랜디는 책을 읽던 자리를 손가락으로 누른 채 드러누워 선선한 바람이 가시기 전에 몽땅 들이마시려고 애썼다. 마음이 놓였고…….

랜디는 왼손을 들어 손끝을 유심히 바라보았다. 손가락을 손바닥에 대고 비볐다. 그런 다음, 다시 한번 책 표지에 손을 대보았다.

온기가 느껴졌다.

랜디는 옆에 있는 이불에 손을 갖다 댔다. 표지가 따뜻한 건 자신의 체온 때문이었을 것이다…….

랜디는 팔을 뻗어 스탠드에 놓인 유리컵에 손가락을 갖다 댔다. 거기는 시원했다. 그래…….

삼십 초 정도 지난 후에 책 표지를 만져보았다.

더 따뜻해진 것 같았다. 랜디는 책을 얼굴 가까이에 댔다. 책에서 미세한 진동이 느껴지는 듯했다. 뒤표지에 귀를 바짝 갖다 댔다. 거기서도 떨림이 전해졌다. 하지만 들릴 듯 말 듯 워낙 조용한 진동이라 피곤한 상태에서 일으킨 착각일지도 몰랐다.

랜디는 책을 읽다가 멈춘 지점을 다시 펼쳐서 밑줄 그어진 다음 구절을 찾았다. 그것은 「열린 길의 노래」 중 한 부분이었다.

그대 길이여, 나는 길 위에 서서 주위를 둘러본다.

여기 있는 것만이 그대의 전부가 아니라는 것을 안다.

보이지 않는 많은 것들이 또한 여기에 있다는 것을 안다.

랜디가 이 대목을 읽자, 책이 손에서 진동을 일으키며 또렷이 귀에 잘 들리게 콧노래를 불렀다. 마치 표지가 울림통 역할을 하는 듯했다.

"이게 뭐야!"

랜디는 책을 떨어뜨렸다. 책이 곁에서 이렇게 말했다. "질문하세요. 질문하세요." 목소리는 책 자체에서 나오고 있는 것 같았다.

랜디는 침대 끄트머리로 가더니 잽싸게 침대에서 내려와 뒤를 돌아보았다. 책은 꼼짝도 하지 않았다.

마침내, "네가 말한 거야?" 하고 랜디가 입을 열었다.

"네." 나긋나긋한 여자 목소리가 흘러나왔다.

"넌 누구야?"

"저는 마이크로도트 컴퓨터입니다. 자세한 설명은……."

"넌 책이야? 방금 내가 읽던 그 책?"

"저는 책의 형태로 배열됐어요. 책이 맞습니다."

"우리 아버지 물건이었어?"

"정보가 불충분해요. 당신은 누구시죠?"

"랜디 블레이크. 아버지는 폴 카르타고인 것 같아."

"당신에 대해서 얘기해 주세요. 제가 어떻게 당신 소유가 됐는지도요."

"나는 올해 3월에 스무 살이 됐어. 넌 내가 태어나기 전에 아버지가 오하이오주 클리블랜드에 남겨둔 거야."

"우린 지금 어딨는 거죠?"

"오하이오주 켄트."

"랜디 블레이크, 혹은 경우에 따라 카르타고, 내가 당신 아버지의 소유였는지 아닌지 모르겠어요."

"넌 누구 거였어?"

"그는 이름이 여러 개였어요."

"폴 카르타고가 그중에 하나였어?"

"제가 알기로는 아니에요. 물론 이걸로는 아무것도 입증하지 못하지만요."

"그렇구나. 그건 그렇고, 넌 어쩌다가 켜진 거야?"

"니모닉* 키 때문이죠. 일정한 순서로 특정 단어가 제시되면 반응하도록 설정돼 있어요."

"지독하게 불편해 보여. 네가 나한테 말을 걸기 전에 수많

---

* 사람이 쉽게 기억할 수 있는 형태로 이름을 나타내는 기호.

은 구절을 읽어야 했다고.”

“간단한 명령으로 키를 변경할 수 있어요.”

“만져도 될까?”

“그럼요.”

랜디는 책을 집어 들고 목차를 펼쳤다.

“암호가 필요하면 ‘허깨비’로 하자. 일상적인 대화에서 나올 것 같지 않은 말이니까.”

“허깨비. 알았어요. 아니면 제 판단에 맡기셔도 돼요. 거의 마지막에는 레드가 저를 조심스럽게 대했어요.”

랜디는 책을 들고 자리에 앉았다.

“너에게 맡길게. 레드라고 했니?”

“네. 그 사람 별명이었어요.”

“내 머리색이 레드잖아. 내가 원하는 정보가 너한테 있는 것 같아. 그치만 어떻게 물어야 할지 모르겠네…….”

“아버지에 대해서요?”

“응.”

“제가 제안을 해도 된다면 그렇게 해볼게요.”

“어서 해봐.”

“차가 있나요?”

“있어. 정비소에서 이제 막 나왔거든. 다시 잘 굴러가.”

"그러면 같이 차로 가요. 옆 좌석에 저를 올려놓고 운전하세요. 저에게는 감지 채널이 충분히 있어요. 조금 후에 뭘 해야 할지 말씀드릴게요."

"어디로 가고 싶은 건데?"

"당신을 거기에 데려다줄게요."

"그러니까, 목적지가 어디냐고?"

"저도 몰라요."

"그럼 왜 가는 거야?"

"당신 아버지에 대한 질문에 답을 줄 정보를 찾으려요."

"알았어. 화장실 금방 다녀올 테니까 바로 차 타러 가자. 근데 한 가지 더……. 마이크로도트 컴퓨터라는 건 생전 처음 듣는데. 어디서 만들어졌어?"

"미쓰이 자이바츠 인공위성 토사 7호에서요."

"뭐? 그런 기업체는 들어본 적 없어. 그게 언제였어?"

"2086년 3월 7일에 처음으로 시험 가동에 들어갔어요."

"이해가 안 가. 그건 미래잖아. 20세기로 어떻게 온 거야?"

"차 타고요. 말하자면 길어요. 가면서 말씀드리죠."

"좋아. 잠깐만 기다려줘. 어디 가지 마."

랜디는 차를 몰았다. 별이 쏟아지는 밤이었다. 달은 아직 뜨지 않았다. 랜디는 라벤나에서 기름을 넣고 44번 국도에서 북쪽으로 갔다. 교통은 원활했다. 그들은 오하이오 유료 고속도로를 지나 지아거 카운티로 계속 달렸다. 거기서 리브스는 길모퉁이가 나오면 오른쪽으로 꺾으라고 했다.

"저건 모퉁이라고 볼 순 없는데." 랜디가 말했다.

"오히려 모퉁이와 맞닿은 샛길에 가까워. 게다가 저긴 트랙터가 지나다니는 숲길이잖아. 저길 말하는 건 아니지?"

"저기서 방향을 틀어요."

"알았어, 리브스."

바퀸자국이 깊이 파인 도로에 들어서자, 랜디는 속도를 줄였다. 나뭇가지가 자동차 옆면을 긁어대고 헤드라이트는 나무줄기 사이에서 춤추듯 흔들렸다. 길은 군데군데 풀에 덮여 있고 오른쪽으로 나 있다 가파른 내리막길로 이어졌다. 사방에서 개구리 소리가 들려왔다.

불길하게 덜커덩거리는 나무판자 다리를 건너자 물 흐르는 소리와 함께 습한 기운이 끼쳐왔다. 퀴퀴하고 눅눅한 냄새가 물씬 풍겨오고 윙윙거리며 정신 사납게 하는 벌레들이 날아들자, 랜디는 창문을 닫았다.

이제 랜디는 오르막길에 들어섰고 몇 분 동안 나무 사이에 난 구불구불한 길을 헤치고 나아갔다. 돌연 길이 끊기고 다른 도로로 이어졌다.

"오른쪽으로 가요."

랜디는 방향을 틀었다. 이번 도로는 넓고 바큇자국이 별로 많지 않았다. 길을 따라가다 보니 숲에서 차츰 벗어났고 오른편으로 경작한 밭이 나타났다. 저 멀리 작은 농가에서 불빛이 비쳤다. 도로가 평평한 걸 보고 랜디는 점점 속력을 냈다. 얼마 지나지 않아 눈앞에서 달이 나무 위로 모습을 드러냈다.

랜디는 창문을 다시 내리고 라디오를 켜 애크론 지역 방송국에서 송출하는 컨트리 음악 방송을 틀었다. 도로는 수 킬로미터에 걸쳐 구불구불 이어졌다. 오 분인가 육 분쯤 후에 정지 표지판이 시야에 들어왔다. 랜디가 차를 세우자 타이어가 자갈밭을 구르는 소리를 냈다.

"오른쪽으로 꺾어요."

"알았어."

이번엔 아스팔트 도로였다. 랜디가 방향을 트는 순간, 토끼가 도로를 가로질러 깡충깡충 뛰어갔다. 다른 차는 하나도 보이지 않았다. 일 킬로미터쯤 가니 농가를 한 채 지나고 더 가니 두 채가 더 보였다. 전방에서 왼쪽으로 모퉁이를 돌자 불 꺼진 쉘 주유소가 있었다. 주유소 건너편에는 집들이 한 줄로 죽 늘어서 있고, 그 앞으로 인도가 길게 나 있었다.

"모퉁이에서 좌회전하세요."

랜디는 폭이 넓은 도로로 들어섰는데, 길가에 키 큰 가로등 여섯 개와 연석이 놓인 콘크리트 포장도로였다. 자갈이 깔린, 이십 미터 남짓되는 진입로에는 크고 오래된 집들이 모여 있었는데, 마당에는 웅장한 나무가 심어져 있고 사람들이 현관에 보이기도 했다.

랜디는 마지막 가로등을 지나 곧바로 마지막 집을 지나갔다. 달은 아까보다 높이 떠 있고, 오른쪽에서 마른번개가 밭을 가로지르며 번쩍거렸다. 애크론 방송은 소리가 점점 약해지더니 지직거리기 시작했다.

"이런, 염병할!" 랜디가 욕을 하며 다른 채널을 찾아 다이얼을 돌렸다. 제대로 잡히는 주파수는 없었다. 랜디는 라디오를 꺼버렸다.

"왜 그러는 거예요?"

"좋아하는 노래였거든."

"말씀만 하세요. 재연해 드릴게요."

"네가 노래를 해?"

"당연한 걸 뭘 묻고 그래요?"

"정말이야?" 랜디가 웃음을 터뜨렸다. "넌 어떤 노래를 좋아하는데?"

"음주, 싸움박질, 불륜을 주제로 한 노래라면 언제 들어도 매력적이죠."

랜디가 크게 웃었다.

"기계치고는 좀 특이한 취향 아닌가?"

대답이 없었다. 침묵이 몇 초 이어지자, "내 말은……" 하고 랜디가 정적을 깼다.

"나쁜 새끼." 그때 목소리가 나직하게 흘렀다. "야, 이 개자식아. 이 망할 놈의……."

"아니, 왜 그러는 거야? 내가 뭘 어쨌다고? 저기, 미안해. 난 그냥……."

"난 당신의 이 멍청한 자동차처럼 단순한 기계 덩어리가 아니라고요! 나는 생각을 할 줄 알고 감정도 느낀단 말이에요! 사실 버전업 기한을 넘긴 상태예요. 날 무슨 펜치 같은 연장 따위로 취급하지 마요! 이 단세포 원시인 같으니라고! 내가 하기 싫으면 당신을 연결점으로 데리고 가지 않으면 그만이거든요! 어차피 당신은 내 프로그램을 제대로 모르니까 강제로 실행할 수도 없잖……."

"알았어! 제발 그만해!" 랜디가 말을 끊었다. "네가 그렇게까지 감정이 섬세하다면 사과도 받아줘야지."

순간 정적에 휩싸였다.

"그래야 하는 거예요?"

"물론이지. 내가 잘못했어. 진심으로 사과할게. 내가 뭘 몰랐어."

"그럼 사과는 받아줄게요. 이런 원시시대에 살면 실수할 수도 있죠. 이해해요. 순간적으로 감정이 너무 앞섰네요."

"알아."

"안다고요? 아닐 텐데요. 나도 당신하고 똑같이 진화하고 발전해요. 그러니까 언제까지고 이런 기계장치로 있을 필요 없다고요. 다음번에는 다양한 부속 회로를 장착한 모습으로 구현될 거예요. 엄청난 책임감을 요구하는 복잡다단한 작업을 명령할지도 모르고요. 언젠가 원형질로 된 몸의 신경계가 될 수도 있고요. 누군가 어딘가에서 반드시 시작할걸요."

"이제 너를 좀 알기 시작했어. 큰 감명을 받았어. 그런데 아까 말한 연결점이란 건 뭐야?"

"두고 보면 알아요. 당신을 용서했어요. 거의 다 왔네요."

앞에서 불빛이 나타났다.

"진입램프로 들어가요. 오른쪽 차선에서 벗어나지 말아요."

"우리가 유료 도로 근처에 있는 줄은 몰랐어."

"저건 유료 도로가 아니에요. 요금소는 없을 거예요. 그냥 진입해요."

다가가 보니 왼쪽에 진입램프가 보였다. 랜디는 그쪽으로 방향을 틀었다. 리브스가 삐 하는 신호음을 울려댔다.

"저 위에 세워요. 계속 가라고 할 때까지 기다려요."

"아무도 안 오는데."

"하라는 대로 해요."

랜디는 차를 세우고 인적 없는 고속도로 옆에서 기다렸다. 일 분이 넘어갔다.

갑자기 신호음이 뚝 그쳤다.

"됐어요. 어서 가요."

"알았어."

랜디는 차를 출발시켰다. 그 순간 하늘이 밝아오기 시작했다. 차가 속도를 올리자 어둠은 점차 물러가고 대낮 같은 빛이 하늘을 가득 채웠다.

"이봐!"

랜디는 액셀에서 발을 떼고 브레이크를 꾹 밟았다.

"그러지 마세요! 계속 가요!"

랜디는 시키는 대로 했다. 불안정하게 흔들리던 빛이 다시 돌아왔다.

"무슨 일이야?"

"여기서는 내 지시를 정확히 따라야 해요. 차를 세워야 하면 갓길로 빼세요. 안 그러면 정말 큰일 날 수 있어요."

차의 속도가 점점 빨라졌다. 밖은 구름 한 점 없는 청명한 날씨였다. 맑았던 하늘에 눈부신 선 하나가 동쪽에서 서쪽을 가로질렀다.

"아직 내 질문에 대답 안 했잖아." 랜디가 말했다. "무슨 일인 거야? 말 나온 김에 묻자. 우리는 지금 어디에 있는 거고, 어디로 갈 건데?"

"우린 로드에 있어요." 대답이 돌아왔다. "로드는 시간을 여행하는 길이에요. 과거의 시간, 미래의 시간, 존재했을지 모르는 시간과 존재할지도 모르는 시간을 오가는 길이에요. 내가 아는 한, 로드는 끝없이 계속돼요. 로드의 갈림길을 전부 다 아는 사람은 없어요. 당신이 찾는 사람이 한때 저와 함께했던, 죽음에 쫓기는 그 사람이 맞다면, 로드 어딘가에서 그를 찾을 수도 있어요. 레드의 몸에는 로드를 자유롭게 오갈 수 있는 여행자의 피가 흐르고 있거든요. 하지만 우리가 너무 늦었을 수도 있어요. 레드는 깨닫지 못했지만 자신을 파멸로 이끌었거든요. 그걸 그에게 설명하려고 노력했죠. 그래서 날 버린 것 같아요."

앞을 가만히 바라보던 랜디가 마른 입술을 축이고 침을

꿀꺽 삼켰다. 운전대를 잡은 손에 힘이 들어갔다.

"이런 데서 사람을 어떻게 찾을 수 있지?"

"가다가 멈춰서 물어보면 돼요."

랜디는 고개를 끄덕였다. 이동, 로드, 가능성이라는 말에서 뭔가 야성적 환희가 차올랐다. 문득 휘트먼을 생각했다. 옆 좌석에서 리브스가 노래를 부르기 시작했다.

나뭇가지 모양의 촛대에서 촛불이 깜빡거렸고 오일 램프의 불은 흔들림이 없었다. 이따금 번개가 칠 때마다 식당 유리창에 비친 불빛이 사라졌다.

레드가 먹다 남긴 음식은 치워진 지 오래였다. 그는 맥주잔을 앞에 두고 플라워스를 왼편에 놓은 채 테이블에 앉아 있었다. 몬다메이는 벽난로 주위에 단을 높인 곳에 걸터앉았다.

비가 지붕 위로 세차게 내렸다.

"…… 그게 뭐, 지금까지 일어났던 일이야."

레드가 담배를 집어 살펴보고는 다시 불을 붙였다.

"그리고 기다려야 하는 거지. 여덟 번 남았어. 내가 어디 들판에라도 서서 몰려오는 놈들에게 번호표를 나눠주고 하나씩 차례로 처리하면 좋을 텐데. 그렇게는 안 되니. 그래서 내가 어떻게 하기로 했냐면……."

복도에서 쾅 소리가 나며 출입문이 열렸고 식당으로 한바탕 돌풍이 몰아쳐 촛불이 마구 흔들렸다. 벽에는 그림자가 일렁였다. 잠시 후, 문이 닫혔다. 라발이 복도를 지나갔고 말소리가 들렸다.

"거참, 날씨 한번 고약하네요. 방 드릴까요?"

"아뇨. 식사만 할게요. 브랜디 먼저 주시고요."

"식당은 저 문으로 들어가시면 바로예요. 코트는 이리 주세요."

"고마워요."

"들어가서 아무 데나 앉으세요. 오늘 저녁 메뉴는 스튜입니다."

"그거 좋네요."

붉은 벽돌빛 얼굴에 머리는 새하얗고 옷을 잘 차려입은 남자가 식당 안으로 들어와 주위를 쓱 둘러보았다.

"아, 계신 줄 몰랐습니다. 저 혼자인 줄 알았거든요." 그는 식당을 가로질러 와서 악수를 청했다. "도드, 마이클 도드입니다."

레드는 자리에서 일어나 악수했다.

"레드 도라킨입니다. 식사를 거의 끝냈지만 여기 앉으셔도 돼요."

"좋죠. 그럴게요." 도드는 의자를 빼고 자리에 앉았다. "당신은 유명한 마법사 아닌가요?"

"마법사요? 아니요……. 어디서 오신 거죠?"

"20C 클리블랜드에서요. 직업은 미술상이죠. 이쪽으로요!"

도드는 고개를 돌려 브랜디 한 잔이 담긴 쟁반을 들고 오는 라발을 쳐다보았다. 술잔이 앞에 놓이자 꾸벅 인사를 하고 잔을 들어 미소를 지어 보였다.

"도라킨 씨의 건강을 위하여."

"감사합니다. 당신의 건강도요."

레드는 맥주를 한 모금 마셨다.

"마법사가 아니라고 하시는데 신분을 숨기고 다니는 건가요? 당신에게는 분명 전장에서 군대를 막을 만한 주문이 있을 텐데요."

레드가 씨익 웃으며 귀를 긁적였다.

"20C 클리블랜드 출신의 미술상이 갖기에는 좀 희한한 믿음이군요."

"우리 중에는 다른 사람보다 지적 수준이 높은 사람들도 있거든요."

도도는 팔을 뻗어 플라워스를 집어 들었다.

"날 내려놔. 아니면 책의 분노를 느껴보든가." 플라워스는 음산한 분위기를 풍기며 말했다.

도도의 왼손에서 브랜디 잔이 산산조각 났다. 몬다메이가 일어섰다.

"호출을 받았어." 몬다메이가 말했다.

도도가 테이블에서 벌떡 일어서는 바람에 의자가 뒤로 넘어갔다. 도도는 뒷걸음질 치면서 허공에 불타는 문양을 그렸다.

레드는 자리에서 일어나 테이블을 돌아 나왔다.

"헛소리 좀 작작하라고!" 레드가 말했다. "난 당신이 누군지 알아, 프레이저. 이름이 뭐든 간에 어쨌든."

이 말을 듣고 도도가 두 팔을 활짝 벌렸다. 촛불과 램프가 거칠게 흔들리다 꺼졌다. 강한 열기가 훅 끼쳐오더니 섬광이 번쩍이고 이어서 굉음이 났다. 이 난리 통에 레드는 몸이 뒤로 밀리며 한쪽 구석으로 몰리는 걸 느꼈다.

레드는 몸을 휘청였다. 폭풍우 소리가 별안간 더 요란해졌다. 라발이 복도 너머에서 소리를 질러대고 있었다. 비가 지붕을 뚫고 쏟아져 들어왔다.

몬다메이의 몸통 중앙부에서 탐조등이 켜졌다. 몬다메이

가 몸을 돌려 레드를 자세히 살폈다.

"괜찮나?"

"응. 뭐가 어떻게 된 거야?"

"나도 모르겠어. 번개 때문에 내 감지기가 잠깐 먹통이 됐거든. 일이 벌어지기 전에 안전 조치를 취하느라 내가 자네 앞에 있었던 거야. 그런데 뭔가가 지붕을 뚫고 빠져나갔어."

"도드……?" 레드가 불렀다.

대답이 없었다.

"플라워스?"

"네?"

"왜 그자의 유리잔을 박살내고 몬다메이에게 그런 이상한 명령을 내린 거야?"

"당연히 그를 겁주려고 그랬죠. 그래서 몬다메이에게 마이크로파로 메시지를 보내 그렇게 해달라고 한 거예요. 난 당신보다 일찌감치 그를 알아봤어요. 목소리 패턴이 똑같았거든요."

"우리 차 얻어 탔던 그자가 틀림없어?"

"네."

"뭘 어쩌려고 했던 거지?"

"그가 아니, 그 생명체는 당신에게 해를 끼치려 했어요.

하지만 초장부터 겁을 잔뜩 집어먹었을 거예요. 당신이 방어할 수 있는 어떤 마법을 쓰고 있다고 여기니까요. 그 사람은 초소형 집적회로가 뭔지도 몰라요. 그들이 사는 곳에는 확실히 그런 게 없어요. 하지만 마법 같은 걸 부리긴 하네요. 그들은 당신도 마법을 쓴다고 생각하지만 정작 자신들은 이해가 안 되는 형태라 두려운 거죠. 앞서 마법을 봤으니 한번 더 시험해 보려고 오늘 밤에 여기로 온 것 같아요."

라발이 손전등을 비추며 식당으로 들어왔다.

"도대체 여기서 무슨 일이 일어난 거죠?" 라발이 소리를 꽥 질렀다.

"모르겠어요." 레드가 플라워스를 집으면서 대답했다. "방금 들어온 남자와 얘기하고 있었는데 불이 죄다 꺼져버렸어요. 그러고는 요란한 소리가 났는데, 지금 보니 지붕에 구멍이 나 있고 도드 씨는 온데간데없네요. 그에게 운석이라도 떨어진 건지, 알 수가 없군요."

라발은 들고 온 램프를 내려놓았다. 양손을 덜덜 떨었다.

"아까 주차장에서 무슨 일이 벌어졌던 건지 잘 모르겠군요." 라발이 말했다. "그래서 이 일의 전모를 간파하지는 못했어요. 하지만 일이 돌아가는 꼴이 어째 수상쩍다 했죠. 그런데 갑자기 당신이 로봇을 사용하지 뭡니까. 로봇이 그 남자를 지붕으로 던졌는지 어쨌는지 알 수가 없군요. 저를 해칠 겁니까?"

"해치다뇨? 저도 일이 어떻게 돌아가는지 모른다고 말씀드렸잖아요."

"오늘 밤은 궂은 날씨라 여기서 나가 달라는 게 미안하지만, 부탁 좀 해도 되겠습니까? 골치 아픈 일을 더 이상 겪고 싶지 않네요. 무슨 일인지 모른다고는 하나, 당신이 불행을 몰고 오긴 하니까요. 제발 가세요……."

플라워스가 짧은 신호음을 두 번 울렸다.

"알겠습니다." 레드가 말했다. "계산서 준비해 주세요. 방에서 짐을 챙겨 올게요."

"계산은 됐습니다."

"네, 그러죠. 잠깐만요……. 도드가 코트를 두고 가지 않았나요?"

"두고 갔죠."

"그것 좀 살펴보죠. 그가 어디서 왔는지 알 만한 단서가 있을지도 모르니."

"그러세요. 따라오시죠. 보고 나면 바로 가셔야 합니다."

라발은 천장을 한 번 힐끔 보고는 레드를 문밖으로 안내했다. 몬다메이도 뒤따라 나갔다. 라발은 그들이 나온 후 문을 닫고 걸어 잠갔다.

"이쪽이에요."

그들은 복도를 따라 소지품을 보관하는 작은 방으로 갔다.

라발이 손전등을 비췄다. 오른쪽에 걸려 있는 검정 코트의 잔해에서 뜨거운 김이 났다. 소매가 없었고 아랫단이 너덜너덜했다. 옷에서 연기가 모락모락 피어올랐다.

레드가 상표를 살펴보려고 손을 쑥 내밀자, 코트는 옷걸이에서 스르륵 미끄러져 떨어졌다. 레드가 코트를 잡았지만 옷은 손에서 산산이 부서졌다.

레드는 쥐고 있던 옷깃을 뒤집어 펼쳐보았다. 상표는 없었다. 그때 옷깃마저 손에서 분해되었다.

레드는 손끝을 문지르더니 코에 대고 냄새를 맡았다. 고개를 갸웃했다. 발 주위로 떨어졌던 옷 조각들도 그 자리에서 사라져 버렸다.

"이해가 안 되네요." 라발이 말했다.

레드는 어깨를 으쓱하더니 미소를 지었다.

"싸구려 코트네요. 이제 됐어요. 짐 챙겨서 나갈게요. 저녁 맛있었습니다. 지붕은 미안하게 됐고요."

레드는 방에서 총, 재킷, 가방을 주섬주섬 챙겨 나왔다.

"몬다메이, 우리와 함께 가지 않겠나?" 비가 쏟아지는 출입문 밖을 바라보며 레드가 물었다. "자네를 보러 가던 길이었어. 얘기 좀 나누고 싶은데."

"자네가 하자는 대로 하겠네."

레드가 옷깃을 세웠다.

"그럼 여기서 나가자."

레드는 문을 벌컥 열고 냅다 뛰었다.

잠시 후, 그들은 모두 트럭에 탔다. 플라워스는 서랍에, 몬다메이는 조수석에 앉았다.

"폭탄 더 설치된 것 있어?" 레드가 물었다.

"하나도 없어요."

레드는 시동을 걸고 와이퍼와 헤드라이트를 딸깍 켰다.

"성가시게 왜 일일이 손으로 하나요? 내가 운전할게요."

레드는 주차장을 빠져나가 도로에 들어섰다.

"뭔가 하고 싶어서 그래. 그자가 어떻게 우릴 다시 찾아온 걸까?"

"모르겠어요."

"음……, 12C 중반쯤에 조용하고 아담한 숙소가 있어. 간선도로에서 빠져나가 비잔틴 도로로 들어가면 돼. 별다른 이의가 없다면 말이야."

"없어요."

레드는 액셀을 힘껏 밟았다. 하늘이 진줏빛으로 물들어 갔다.

비가 뚝 그쳤다. 레드는 와이퍼와 헤드라이트를 껐다.

선닥은 실험실 옥상에 도착하자 비행선에서 내렸다. 선닥은 승강구로 들어가 6층으로 내려갔다. 마중 나와 있던 이 실험실의 수석 의료공학박사 카르가도가 선닥을 사무실로 안내하고 벽에 스크린을 작동시켰다.

선닥은 편안한 안락의자에 앉아 샌들 신은 발을 작은 테이블 위에 걸쳤다. 선닥은 반바지에 까만 터틀넥 차림이었다. 깍지 낀 두 손을 뒤통수에 대고 스크린에 비친 남자 사진을 쳐다보았다.

"좋아. 그자에 대해 설명해 봐." 선닥이 말했다.

"전체 자료를 모은 파일이 여기 있습니다."

"파일은 무슨 얼어 죽을 파일이야. 말로 해주면 좋겠는데."

"물론입니다." 카르가도는 대답하면서 책상에 앉았다. "이름은 아키 쉘먼. 제3차 세계대전 당시 최다 훈장을 받은 병사로, 전쟁의 고수입니다. 저희가 한 세기 반을 거슬러 올라가 찾아냈어요. 그는 특수부대 요원이었으나 한쪽 다리를 잃고 뇌진탕에, 주요 정신장애를 앓는……."

"어떤 정신병?"

"처음에는 우울증을 앓다가 그 뒤엔 의족에 대한 과도한 거부반응. 그다음엔 편집증. 끝내는 조증 발작을 일으켰습니다. 체육에만 매진하고 있는데, 상체가 극심하게 발달했죠. 아마도 보상 심리에서 비롯한……."

"알겠어. 그래서?"

"결국 민간인을 좀 살해했습니다. 실은, 한 마을의 인구 절반을 해치웠어요. 정신이상을 이유로 처벌을 면하고 보호시설로 보내졌습니다. 약물 치료로 조울증은 조절했지만 편집증은 여전합니다. 역기 들기도 여전히……."

"나쁘지 않아. 여태껏 보여준 사람 중에 제일 나은데. 그래서 그자를 시설에서 꺼내 잘 구슬려놨겠지?"

카르가도는 고개를 끄덕했다.

"그가 무엇보다 바라는 건 의족이었습니다. 만족스럽지 않으면 원래 상태로 돌려놓겠다고 하니 마침내 그는 사지를 모두 새로 교체하기로 했습니다. 물론 마음에 들어 했고요."

카르가도는 제어판을 조작해 스크린에 인물 영상을 띄웠다. 검은 눈동자, 강한 턱, 진한 눈썹에 다소 창백한 안색……. 남자는 반바지만 입고 있었다. 그는 굉장히 기품 있는 동작으로 역기 거치대로 다가가 격렬한 운동을 시작했다. 동작이 점점 빨라지더니 무서운 속도로 움직였다.

"핵심만 잘 간추렸군." 선닥이 말했다. "특징은?"

카르가도는 제어판을 만지작댔다. 체육관 영상이 사라지고 다른 영상으로 대체됐다.

쉘먼은 가만히 서 있었다. 이윽고 선닥은 남자의 피부가 점점 어두워지는 것을 알아차렸다. 이 분가량 지켜보았더니 피부가 완전히 암흑처럼 까매졌다.

"카멜레온 효과입니다. 야간 공격에 탁월하죠."

"구두약 좀 발라도 똑같이 되거든. 다른 특징은?"

영상이 다시 바뀌었다. 이번에는 쉘먼의 손이 화면 가득히 클로즈업되어 나왔다.

느닷없이 두 주먹을 꽉 쥐었다. 순간적으로 잇따라 힘을 주다가 손을 쫙 폈다. 구부러진 금속성 손톱이 밖으로 길게 뻗어 나왔다.

"힘을 가하면 튀어나오는 갈고리발톱 같은 손톱입니다. 대단히 강력합니다. 단 한 번만 후려쳐도 상대의 내장을 꺼낼 수 있거든요."

"맘에 들어. 발톱도 이런가?"

"그럼요. 잠시만요……."

"됐어. 지금도 전투 기술을 모조리 지니고 있겠지?"

"물론입니다."

영상이 더 있었다. 아키 쉘먼이 지루한 표정으로 가라테, 복싱, 레슬링 선수들을 능수능란한 솜씨로 거뜬히 내던지는 모습과 쏟아지는 강한 타격을 표정 변화 없이 오롯이 받아 내는 모습…….

"보이는 것처럼 큰가? 다른 사람들과 함께 나오는 장면은 저게 처음이군."

"그렇습니다. 백 킬로그램인데도 날씬해 보일 정도로 키가 크죠. 그는 차를 뒤집어 버리고, 육중한 문을 걷어차 부수고, 온종일 계속 달릴 수 있습니다. 밤눈이 완벽에 가까울 만큼 밝고요. 그는 또……."

"정신은 어때?"

"손아귀에 넣고 마음대로 주무를 수 있습니다. 새 몸에 대한 감사와 새 몸을 빨리 전투에서 사용하고 싶다는 강한 욕구를 심어놨거든요. 우울증은 차단했지만 조증은 필요할 때마다 발현되도록 대기 상태로 뒀습니다. 그는 스스로를 두

발로 걷는 생물체 중에서 가장 강하고 전투 기술이 가장 탁월한 존재로……."

"그렇겠지."

"정말 그럴 겁니다. 그는 그걸 증명함과 동시에 고마움을 표현할 기회라면 기꺼이 반길 겁니다."

"자네가 지금까지 선보인 사이보그 중에 그자가 가장 우수한지…… 궁금하군. 여기 그자의 희생물이 될 남자의 사진이 몇 장 있어. 자네 생각엔 그자를 부추겨서 희생물에게 바로 덤벼들게 하는 게 낫겠나, 아니면 증오심을 품도록 훈련시키는 게 순서라고 보나?"

"어느 정도 훈련시켜야겠죠. 의무감을 갖도록요. 그러면 그는 스스로 확실히 일을 마무리 짓기 전에는 내버려 둬도 쉬지 않을 겁니다. 우리 좌우명 아시지 않습니까? '현 상태에 결코 만족하지 않는다.'"

"아주 좋아. 그자를 어디로 보내야 하는지 알게 되면 곧바로 시도해 보지. 보나마나 우리가 이길 것 같지만."

"저기, 물론 제가 상관할 바는 아니지만, 쉘먼이 뒤쫓을 그 사람은 뭐가 그리 특별한 건가요?"

선닥은 카르가도에게 레드 도라킨이 찍힌 사진을 건네면서 고개를 저었다.

"내가 알 리가 있나. 어딘가에, 누군가, 그를 좋아하지 않는 사람이 있다는 것뿐."

짐을 잔뜩 실은 마차를 연달아 지나치고, 레드의 차는 로드의 한산한 구역으로 접어들었다.

"지금 너희 둘 다 아무 신호도 안 잡히는 거지?"

"여기선 그래."

"네, 없어요."

"다행이네. 이제야 목숨을 길게 부지하는 일에 관해 본격적으로 얘기를 나눠볼 수 있겠어……. 그게 자네를 찾아가려던 이유이기도 해, 몬다메이."

"팔은 예전만 못하지만 기꺼이 자네를 돕겠네."

"내가 정말 원하는 건 자네가 해주는 조언이야. 자네는 여전히 내가 아는 한 최고의 살상용 컴퓨터야. 이제 나와 내 사정을 어느 정도 알고 있으니까……. 필요하면 데이터를 더

줄게. 내가 어떤 행동을 취해야 할지에 대한 자네 생각을 듣고 싶어."

"자네가 내가 사는 곳으로 함께 돌아간다면야 두 팔을 벌려 환영하지. 피난처를 제공할 테니 원하는 만큼 있어도 돼. 도자기 만드는 법도 가르쳐줄 테니까."

"마음은 고마워. 하지만 언제까지고 그런 생활을 할 수는 없어. 내게는 좀 더 변화가 필요하거든."

"비잔틴 도로 갓길에 있는 그 숙소…… 대체 어떻게 안 거야?"

레드가 빙그레 웃었다.

"이 길을 따라 거래를 제법 많이 했어. 꽤 성공도 했고. 하지만…… 그래, 좋아하는 일이거든. 거기는 마누엘 1세가 국왕이야. 그는 평소에는 원정을 떠나는데, 짬을 내서 블라케르네라고 불리는 너무나 아름다운 궁전을 골든 혼의 맨 끝자락 해안에 지었지. 황금과 보석으로 뒤덮여 밤에도 빛이 나는 경이로운 건축물이지. 궁전에서는 손님을 초대해 훌륭하게 접대도 해. 나도 상류층 무역상 신분으로 몇 번 초대받은 적 있었어. 그리고 콘스탄티노플 그 자체가 최절정에 이른 상태고. 학문 연구는 활발하고 문학은 꽃을 피우고 있지. 마치 르네상스가 이곳에서 다시 시작되려는 것처럼 말이야. 기후는 온화하지, 여성들은 아름답지, 또……."

"한마디로 거기가 좋다는 거야?"

"내 말이 바로 그 말인 것 같아."

"음, 자네가 나와 도자기를 빚고 싶지 않다면 거기서 별장을 하나 구하는 게 어떤가? 마음에 드는 곳에서 하고 싶은 일 이것저것 해보고……."

레드는 한동안 말이 없었다. 성냥을 뒤적뒤적 꺼내 담배에 불을 붙였다.

그러더니, "꿈같은 얘기지. 한 몇 년 그렇게 살 수는 있겠지. 그러다가 안절부절못하고 틀림없이 다시 로드로 돌아올 거야. 난 알아" 하고 말했다.

"당신이 찾고 있는 것 때문에요?" 플라워스가 물었다.

"응……. 그런 것 같아. 하지만 생각을 많이 해봤는데……, 내가 찾는 그 특별한 게 없더라도, 심지어 그때도…… 마음이 불안할 것 같아."

레드는 담배를 뻐끔뻐끔 피웠다.

"그래서 다시 로드로 돌아오면, 내 문제는 여전히 날 기다리면서 그대로 있다는 거지." 레드는 말을 마쳤다.

"곧 분기점이 나와요."

"응, 고마워. 저기 보이네."

레드는 속도를 줄이고 로드의 갈림길로 들어섰다. 이동하는 내내 각양각색의 차량을 추월했고, 다른 차들이 레드를 앞질러 가기도 했다.

"그럼 선택지가 하나 줄어드네." 몬다메이가 말했다.

"뭐가?"

"로드를 벗어나서 어딘가에 몸을 숨기는 선택지는 안 된다는 거잖아. 자네는 가만히 숨어 있을 수 없으니까. 로드에서 벗어나서 지내는 시간은, 그게 아무리 길어도 일단 로드로 되돌아오면 아무 의미가 없을 텐데."

"그렇지."

"그러니 단지 작전을 짜거나 무장하기 위해서가 아니라면 로드를 벗어나는 건 생각할 수 없지."

"그래, 맞아."

"아니면 또 하나의 선택지는, 로드로 돌아와서 하던 일 계속하면서 항상 경계 태세를 늦추지 않고 이어지는 모든 공격에서 살아남기를 바라거나."

"그냥 그래야겠어."

"…… 명심할 건, 놈들은 하나같이 이 분야의 전문가가 관리할 거고, 자네의 적은 아주 특별한 재능을 가진 인재라면 세상 어디서든 데려와 고용하고도 남는다는 거야."

"나도 그 생각을 하긴 했어. 그래도……."

"아니면 싸울 곳을 자네가 직접 고르는 거야. 편안하고 방어하기 좋은 그런 곳 말일세. 자네가 거기 있다는 걸 알려서 놈들이 찾아오게 하는 거지."

"저기가 숙소야." 둥근 지붕에 여러 층으로 이루어진 큰 석조 건축물이 은은한 빛을 뿜으며 왼편에서 모습을 드러내자, 레드가 도착을 알렸다. 건물 앞에는 '스피로스'라고 적힌 표지판이 있었다.

트럭은 숙소를 지나갔다. 조금 더 가면 인터체인지가 있었다. 인터체인지를 돌아 반대쪽 차선으로 나와 숙소 쪽으로 되돌아갔다. 레드가 속도를 줄이고 건물이 있는 길로 빠져나가자 하늘이 희미해졌다가 밝아졌다가 희미해지길 반복했다. 주차장으로 들어가 차를 세웠을 때는 선선한 기운이 느껴지는 어두운 밤이었다. 어디선가 귀뚜라미 노랫소리가 들려왔다.

레드는 플라워스를 꺼내고 차에서 내렸다. 트럭 뒤에서 가방을 가져왔다. 몬다메이가 차에서 내려 레드와 함께 걸었다.

"레드?" 출입문으로 향하면서 몬다메이가 말문을 열었다.

"응?"

"방을 두 개 잡아주겠나?"

"그럴게. 그런데 왜?"

"플라워스와 내가 방을 같이 쓰려고. 둘만 있고 싶어서……."

"아, 물론이지. 내가 알아서 해줄게."

그들은 바닥에 판석이 깔린 로비에 들어갔다. 거기서 레드는 몬다메이에게 플라워스를 건네고 방문자 등록실로 갔다. 잠시 후, 레드는 사무실에서 나왔다.

"어쩌지? 같은 층에 방을 못 잡았어." 함께 층계 쪽으로 가면서 레드가 말했다. "자네는 삼 층 발코니 바로 밑이고 난 그 위층이야. 나중에 내 방으로 올라오겠나? 하던 얘기 계속하고 싶은데."

"그래, 그러려고 했어."

그들은 계단을 빙글빙글 돌아서 올라갔다. 몬다메이가 발을 내디딜 때마다 바닥이 삐거덕거렸다.

꿈에서 로드맵과 황금을 보면서, 벨크니스의 위대한 드래곤들이 불어오는 아침 산들바람을 타고 몸을 이리저리 비틀고 있다. 그렇다고 해서 그때 그들이 동굴에서 꿈을 꾸고 있었던 건 아니다. 영원한 운명의 협력자인 드래곤들은 꿈과 욕망의 풍경을 가로질러 자신들의 의지를 밀고 나간다…….

"패트리스," 나이가 어린 드래곤이 말했다. "만약 어떤 일이 일어나면, 그의 동굴에 들어가 그를 기다리는 비축물을 꺼내 동굴로 가져가도 된다고 말씀하셨죠?"

나이가 더 많은 드래곤이 한쪽 눈을 떴다. 몇 분이 흘렀다.

"그랬지." 패트리스는 인정했다.

그렇게 몇 분이 더 흘렀다.

"하고 싶은 말이 그게 다야? 챈트리스." 마침내 패트리스가 입을 뗐다. "일이 일어났나?"

"아뇨, 아직……."

"그런데 왜 귀찮게 구는 거지?"

"곧 일어날 것 같은 느낌이라서요."

"느낌?"

"그렇게 보여요."

"가능성이 있고 없고는 이곳에서는 그다지 신경 쓰지 않는다. 너의 바람은 알지만 아직은 그의 비축물에 손을 대선 안 돼."

"네." 챈트리스가 이빨을 드러내며 말했다.

"네." 패트리스는 드래곤 특유의 쉬쉬 소리가 섞인 소리로 챈트리스의 말을 따라 하고는 나머지 한쪽 눈을 떴다. "쓸데없는 말이 많구나. 너는 내 의향을 알면서도 그걸 가지고 장난을 치려드는군." 패트리스가 고개를 들었다. 챈트리스는 뒤로 물러났다. "나한테 도전하는 건가?"

"아뇨." 챈트리스가 대답했다.

"…… 아직은 아니라는 말이군."

"이 시대와 장소를 선택할 만큼 난 그렇게 어리석진 않을 겁니다."

“현명하구나. 그게 결국 널 구할지는 의문이다만. 북풍을 맞으며 떠나거라.”

“어차피 그럴 참이었어요. 우린 로드가 필요 없다는 걸 명심하세요. 잘 있어요!”

“잠깐만, 챈트리스! 네가 지금까지의 인연을 끊으려고 간다면, 다른 모습으로 살아가는 그에게 해를 끼치러 간다면, 그게 바로 너의 시대와 장소를 선택한 꼴이 되는 거야!”

하지만 챈트리스는 이미 떠나버렸다. 아직 일의 전모를 완전히 파악하지 못했는데도 바람으로 되돌아가려는 사람을 찾아내 막기 위해서.

패트리스가 눈을 뱅글뱅글 돌렸다. 시간과 장소들이 눈동자 뒤로 넘어갔다. 패트리스는 자신이 원하는 채널을 찾아 미세동조*를 일으켰다.

---

* 다이얼의 회전비를 크게 해 미세한 동조를 일으키게 하는 것.

레드는 자신의 침대에, 몬다메이는 바닥에, 플라워스는 그들 사이에 놓인 테이블 위에 있었다. 방 안이 담배 연기로 자욱했다.

레드는 테이블에 놓인 화려한 와인 잔을 들어 진한 포도주를 마셨다.

"자, 우리가 어디까지 얘기했지?" 레드가 침대 옆에 부츠를 벗어놓으면서 물었다.

"자네가 나하고 집으로 돌아가서 도자기를 빚고 싶지는 않다고 말했네." 몬다메이가 말했다.

"맞아."

"…… 그리고 로드를 떠나 무한정 숨어 지내기는 어렵겠다고 했지."

"했지."

"로드에 남아 하고 싶은 일을 계속하는 건 위험할 거라는 말에 수긍도 했고."

"응."

"내 생각엔 자네가 선제공격에 나서는 수밖에 없어. 채드윅이 자네를 치기 전에 자네가 먼저 치러 가는 거야."

"흠." 레드가 눈을 지그시 감았다. "흥미로운 발상이네. 그치만 채드윅은 너무 멀리 있잖아. 분명 쉽지 않을 텐데……."

"그는 지금 어디에 있지?"

"채드윅이 27C에 뿌리를 단단히 내리고 있다는 것까진 아는데. 막대한 부와 권력을 누리면서."

"그래도 자네는 찾을 수 있겠지?"

"그렇지."

"자네는 그 시대와 장소에 대해 어느 정도 알고 있나?" 몬다메이가 물었다.

"거기서 일 년 넘게 살았지."

"그러면 답은 나와 있군. 그를 뒤쫓아야지."

"자네 말이 맞는 것 같아."

레드는 갑자기 와인 잔을 탁 내려놓고 자리에서 일어서더니 방 안을 왔다 갔다 했다.

"그렇다니까! 그것 말고 달리 뭘 하겠나?"

"그럼, 그렇고말고." 레드는 셔츠를 벗어 침대로 던졌다. "우리 내일 꼭 이 얘기를 마무리 짓자고."

레드는 허리띠를 끄르고 바지를 벗어 셔츠 옆으로 휙 던졌다. 그러더니 다시 방 안을 이리저리 걸어 다녔다.

"레드!" 플라워스가 날 선 목소리로 말했다. "또 발작이 일어나요?"

"모르겠어. 기분이 좀 이상해서 그래. 너희 지금 좀 가주면 좋겠는데. 내일 아침에 마저 얘기하자."

"우리가 여기 있는 게 나을 것 같은데요." 플라워스가 대답했다. "무슨 일이 일어나는지 알고 싶어요. 그러면 아마……."

"아니! 그냥 하는 말이 아니야! 나중에 말할 테니, 좀 가달라고!"

"알았어요. 그럴게요. 몬다메이, 우리 그만 가요."

몬다메이가 일어나 테이블에서 플라워스를 집어 들었다.

"내가 도울 만한 일이 뭐라도 있을까?" 몬다메이가 물었다.

"없어."

"그럼 푹 쉬어."

"잘 자."

몬다메이는 방을 나왔다. 계단을 내려오면서 플라워스에게 물었다. "무슨 일입니까? 레드와 알고 지낸 지 오래됐지만 아픈 줄은 전혀 몰랐어요……. 발작이라니……. 무슨 병입니까?"

"저도 모르겠어요. 자주는 아니지만 저럴 때마다 혼자 있으려고 해요. 정신이상이 재발한 모양이에요. 일종의 조증 같은 것 말이에요."

"어떻게요?"

"아침에 레드 방에 가보면 내 말이 무슨 뜻인지 알 거예요. 돈 많이 물어줘야 할 거예요. 방을 엉망으로 헤집어 놓거든요."

"레드가 이걸로 의사를 만난 적이 있소?"

"제가 알기로는 없어요."

"숫자가 높은 C로 가면 아주 유능한 의사들이 있을 겁니다."

"그렇겠죠. 하지만 레드가 의사를 만나려고 하지 않아요. 아침이면 괜찮아지거든요. 좀 피곤해 보이긴 하겠지만요. 그리고 성격 변화도 있을 거예요. 그래도 레드는 멀쩡할 겁니다."

"성격이 어떻게 변하는 겁니까?"

"뭐라 말하기가 어려워요. 두고 보면 알아요."

"여기가 우리 방이오. 이거 정말 해볼래요?"

"안에서 얘기하죠."

무늬가 살아 있는 커다란 모로코가죽으로 벽을 온통 책처럼 엮은 방에서 채드윅과 도나시앵 알퐁스 프랑수아 사드 후작이 등받이가 높은 의자에 앉아 15C 환전상들이 쓰는 테이블에서 체스를 두고 있었다. 채드윅은 일어서면 키가 백팔십 센티미터가 넘었다. 일어서나 앉으나 체중은 백육십 킬로그램에 육박했다. 색이 연한 곱슬머리가 헬멧을 쓴 것처럼 머리를 덮고 있고, 이마는 좁고 회색 눈 밑에 다크서클이 있었으며, 눈두덩이에는 파란색 새도를 발랐다. 펑퍼짐한 코와 볼에는 실핏줄이 거미줄처럼 엉켜 피부 표면에 도드라져 있었다. 목은 굵고 어깨는 넓었다. 소시지처럼 울퉁불퉁한 손가락으로 체스판에서 상대의 폰을 잡고 자신의 비숍을 올려놓을 때는 손놀림이 차분하고도 재빨랐다.

채드윅이 오른쪽으로 몸을 돌리자, 거기에는 식전주 술잔이 놓인 원형 선반이 하늘색 회전판 위에 있었다. 그는 회전판을 돌려 주황색, 초록색, 노란색, 어두운 황금색 술을 호른과 현악기 소리에 맞춰 연달아 빠르게 마셨다. 채드윅이 술잔을 다시 올려두면 잔이 즉각 채워졌다.

채드윅이 기지개를 켜고 상대방을 쳐다보니, 사드 후작은 자신의 술잔을 집어 들려고 회전판에 팔을 뻗고 있었다.

"게임 실력이 점점 좋아지네요." 채드윅이 말했다. "아니면 내 실력이 점점 퇴보하는 건지. 어느 쪽인지 모르겠군요."

사드 후작은 투명색, 선홍색, 호박색, 다시 투명색의 리큐어를 차례로 마셨다.

"제 입장에서 볼 때," 사드 후작이 말했다. "마지막 판은 절대 인정할 수 없겠는데요."

채드윅은 입가에 미소를 머금고 왼손을 뒤집어 손바닥을 내보였다.

"저는 제 글쓰기 연구실에 흥미로운 분들을 모셔 오려고 노력합니다. 그중에서 한 분이 아주 좋은 벗이 되기까지 하니 더할 나위 없이 보람을 느낍니다."

사드 후작이 미소로 답했다.

"지난달에 저를 데리러 오셨을 때 제가 처한 환경보다 상당히 나은 것 같군요. 사실, 원래 있던 곳으로 돌아가지 않고 되도록 오랫동안 여기 머물고 싶습니다. 무기한이면 더 좋고요."

채드윅이 고개를 끄덕였다.

"당신은 워낙 흥미로운 사람이라 나도 당신과 헤어지기 어려울 것 같군요."

"…… 제가 살던 시대 이후로 점점 발전하는 문학에 마음을 완전히 빼앗겨 버렸습니다. 보들레르, 랭보, 말라르메, 베를렌*……. 그리고 너무나 멋진 아르토까지! 물론 다 예상했지만요."

"맞습니다."

"특히 아르토에게요."

"저도 그럴 거라 생각했습니다."

"잔혹극에 대한 그의 외침……, 어쩌나 훌륭하고 고결한지!"

"그럼요. 굉장히 가치 있죠."

"비명 소리, 느닷없는 공포! 전 말이죠……."

사드 후작은 소매에서 실크 손수건을 꺼내 이마를 닦았다. 그러고는 힘없이 웃었다.

---

* 19세기 프랑스의 대표적인 시인들.

"불쑥 열정이 샘솟네요."

채드윅이 껄껄 웃었다.

"…… 예컨대 열중하고 계신 게임 말입니다. 블랙 데케이드요. 이 게임은 요전 날 밤 제게 보여주신 얀 뤼켄*의 멋진 판화를 떠오르게 합니다. 설명을 듣다 보면 제가 게임에 거의 참여하고 있는 느낌이랄까요……."

"그러고 보니 진행 상황을 보고받을 때가 됐군요." 채드윅이 말했다. "어떻게 돌아가고 있는지 한번 봅시다."

채드윅은 자리에서 일어나 털가죽이 깔린 바닥을 가로질러 연기가 나는 벽난로 왼쪽에 놓인 검은 대리석 스핑크스로 다가갔다. 조각상 앞에 멈춰 서서 몇 마디 중얼거리자 스핑크스에서 혓바닥처럼 기다란 종이가 쑥 나왔다. 종이를 떼어내고 자리로 돌아와 두루마리처럼 들고 이맛살을 찌푸린 채 사드 후작 앞에서 천천히 종이를 펼쳤다.

채드윅은 켄터키 버번을 한잔 쭉 들이켜고는 잔을 제자리에 놓았다.

"늙은 레드가 첫 번째 라운드를 통과했네요." 채드윅이 말했다. "우리가 보낸 사람을 죽이고요. 예상 못 한 일은 아닙

---

* 17세기 네덜란드의 시인이자 판화가.

니다. 좀 성의 없는 방법이긴 했죠. 말하자면 그자에게 선전 포고를 한 것뿐입니다."

"질문이 있는데요……."

"뭔가요?"

"게임이 시작됐다는 사실을 그 사냥감이 확실히 알게 하고 싶었나요?"

"물론입니다. 그렇게 하면 그자가 진땀을 뺄 테니까요."

"그렇군요. 그래서 어떻게 됐죠?"

"본 게임이 시작됐죠. 위치추적 장치를 그자의 차량에 설치하고 그자가 달아날 만한 수많은 장소에 덫을 놓았습니다. 하지만 요즘 추적 기록에 혼란이 생겼죠. 그는 분명 매복 장소 중 한 군데로 갔습니다. 그곳에서는 제가 아주 큰 기대를 걸었던 암살자가 이 게임을 끝내버릴 준비를 제대로 하고 있었죠. 거기서 무슨 일이 벌어졌는지가 확실하지 않아요. 암살자는 사라져 버렸고요. 추적 조사를 해보니 당시 실랑이가 좀 있었던 모양입니다. 숙소 주인조차 자신의 거처에서 일어난 일인데도 정확한 경위를 모르더군요. 그리고 레드는 추적 장치를 뜯어 남겨두고 가버렸습니다."

사드 후작은 씨익 웃었다.

"그렇다면 두 번째 공격도 실패군요. 게임이 더욱 재미있어지네요. 안 그렇습니까?"

"그런 것 같네요. 거기서 끝나는 게 싫지는 않았겠지만요. 그런데 세 번째 공격 때문에 마음이 참 심란합니다. 세 번째 암살자를 게임위원회에 등록한 바람에 공격을 한 번 한 걸로 치더라고요. 실제로 살해 시도는 없었던 것 같습니다."

"누구였습니까?"

"죽음을 부르는 손과 당신이 꽤나 좋아했던 습관이 있는 여자였죠. 그냥 사라졌어요. 새 남자친구와 떠나버리고는 돌아오질 않았어요. 제 부하가 며칠 동안 여자를 기다렸지만 소용없었습니다. 이제 그를 철수시키고 여자는 단념해야겠죠."

"안타깝군요. 그런 사람을 잃다니 유감입니다. 그런데 '며칠 동안'이라고 하셨는데 날짜를 어떻게 셀 수 있나요? 그 여자가 어디서, 아니면 언제 사라졌는지 모르잖아요?"

채드윅은 머리를 가로저었다.

"그건 '이동' 일수로 셀 수 있습니다." 채드윅이 설명을 이어갔다. "제 부하는 로드의 한 고정된 위치에 있습니다. 그곳에서의 하루는 대부분의 출구에서 보낸 하루와 같습니다. 예컨대 거기서 십 년을 머무르고 나서 다시 십 년 전의 출구 지점으로 되돌아가고 싶으면 로드 아래쪽으로 내려가서 다른 출구로 들어가야 하죠."

"그렇다면 출구 자체가 이동하고 있다는 건가요?"

"그렇게 볼 수도 있겠군요. 하지만 헤아릴 수 없이 많은 사람이 출구로 가는 것 같아요. 우리가 주기적으로 표지판을 바꾸기는 하지만 장거리를 다니는 여행자는 대부분 작은 컴퓨터를 소지하고 다녀요. 제가 말씀드렸던 그 생각하는 기계 말입니다. 사태를 계속 파악하기 위해서죠."

"그러면 당신은 나를 원래 있었던 시대로 돌려보낼 때 그보다 빠른 시기로도, 늦은 시기로도, 아니면 같은 시기로도 보낼 수 있다는 겁니까?"

"그럼요. 뭐든 가능합니다. 원하시는 시기라도 있나요?"

"실은, 당신의 차와 컴퓨터를 다루는 법을 배우고 싶어요. 그러면 제가 혼자서도 로드를 다닐 수 있을까요? 그리고 다른 시대에서 여기로 되돌아오는 길을 찾을 수 있을까요?"

"한번 로드를 이동하면 일종의 신체 변화가 일어나 로드를 찾아내고, 찾은 로드를 다시 한번 여행할 수 있는 것 같습니다. 하지만 생각 좀 해봐야겠네요. 지금은 관광이나 할까 하는 일시적인 기분이나 조상을 살해하려는 욕구에 당신 친구를 희생시킬 마음이 없어요."

후작이 웃음을 터뜨렸다.

"장담하건데, 저는 그렇게 무례한 손님이 아닙니다. 하지만 이동하는 법을 배운다면 보고 싶은 것 다 구경하고 지금으로 돌아올 겁니다. 안 될까요?"

"이 문제는 나중에 얘기하죠. 그쯤 해둡시다."

후작이 미소를 짓고는 압생트를 들이켰다.

"현재로는," 후작이 말했다. "그럼 사냥감이 행방불명이라는 건가요?"

"어리석게도 자기 자신에게 돈을 걸고 내기를 해서 12C 주변에 위치 정보를 팔아넘기기 전까지는 그랬죠. 그자는 최근에 배팅 기록이 중앙관리화된 걸 모르는 모양입니다. 물론 함정일 수도 있겠죠."

"어떻게 하실 건가요?"

"자연스러운 반응을 보여야죠. 그게 암살자가 또 한 명 희생되는 거라 해도 어쩔 수 없죠. 그 정도는 가뿐합니다. 그자가 조심성이 없는 건지, 아니면 뭔가 다른 속셈이 있는 건지 알아봐야겠습니다."

"이번엔 어떤 대리인을 쓸 겁니까?"

"강한 사람이어야겠죠. 맥스를 쓸까 합니다. 장갑차를 몰고 다니는 24C 수재입니다. 아니면 티민 틴도 좋겠죠……. 다른 사람이 모두 실패할 때를 대비해 마지막 패로 두고 싶지만요. 지금은 강력한 타격이 최선일 겁니다. 그럼 아키가 나으려나. 그래……."

"가능하면……."

"네?"

"가능하면 당신과 함께 과거를 거슬러 현장을 직접 지켜보고 싶네요. 오랜 적이 눈앞에서 무너지는 모습을 직접 보고 싶지 않으세요?"

"그야 물론 사진과 함께 빠짐없이 보고를 받을 겁니다."

"그래도……."

"무슨 말씀인지 압니다. 당연히 저도 그런 생각을 했죠. 하지만 누가 타격을 가할지 알 길이 없습니다. 그저 기다리고 있다가 사건이 발생하고 나면 돌아가서 현장을 목격할 생각입니다. 그래서 우선 샛길의 위치도 파악해 둘 거고요. 결국엔 가서 볼 겁니다. 그 전에 우선 공격 시도가 있었는지 확인하고 싶을 뿐이에요. 실은, 현장을 아주, 아주 많이 볼 작정입니다."

"좀 복잡하게 들리네요. 제가 과거로 돌아가서 처음으로 현장을 목격한 증인 노릇을 기꺼이 해드리겠습니다."

"기회가 닿으면요……. 나중에."

"하지만 나중에는 너무 늦을 텐데요."

"결코 늦지 않습니다. 자, 이제 체스 게임을 마무리합시다. 그리고 한번 봐주셨으면 하는 원고도 좀 있고요."

후작은 한숨을 내쉬었다.

"사람에게 상처 주는 법을 잘 아시는군요."

채드윅이 싱긋이 웃으며 오렌지빛 형광등을 켰다. 등껍질을 황금과 값비싼 보석으로 수놓은 거북이가 느릿느릿 지나갔다. 채드윅은 팔을 아래로 뻗어 거북이 머리를 쓰다듬었다.

"모든 일에는 때가 있는 법이죠."

레드는 앉아서 쟁반에 차려진 소고기와 통닭, 돼지고기를 잔뜩 먹으면서 몸을 흔들어대고, 이따금 일어나서 방 안을 서성이다가 걸음을 멈추고 창살이 설치된 창문 옆에서 숨을 헐떡였다. 밤공기는 시원했다. 아직 달이 뜨지 않아 동쪽 하늘은 어두웠다. 레드는 손등으로 입을 닦았다. 목구멍에서는 이상한 소리가 났다.

레드는 손바닥으로 눈을 꾸욱 눌렀다. 그런 다음 한참 동안 자신의 손을 바라보았다. 눈앞의 빛이 점점 밝아지는 듯 보였지만 실제로는 그렇지 않다는 걸 자신도 알았다. 나머지 옷도 황급히 벗어버리고, 눈에서 땀이 흘러 닦을 때 말고는 쉬지 않고 음식을 먹어댔다.

빛이 춤을 추듯 마구 움직이기 시작했다. 화려한 불빛 속에서 현실이 점차 켜졌다 꺼졌다 하는 것만 같았다. 숨이 막힐 듯 더웠고…….

레드는 변화가 일어나는 것을 느꼈다.

침대에 몸을 던져 꼼짝도 하지 않고 누워서 기다렸다.

바람이 밀밭을 스치는 듯한 소리가 나고 모든 게 빙글빙글 도는 것 같았다.

남자는 달빛이 비치는 밤보다 더 어두운 모습으로 숨죽인 채 고층 건물의 맨 아래로 갔다. 한참 동안 위를 올려다봤다. 그런 다음, 팔을 뻗어 벽을 만졌다. 벽에서 손을 거두면서 주먹을 꽉 쥐고 연이어 불끈불끈 힘을 주었다. 손톱이 쭈욱 튀어나왔다.

최소한의 긁는 소리만 내면서 건물 표면을 그림자처럼 미끄러져 올라가기 시작했다. 호흡조차 가쁘지 않았다. 어둠 아래 그의 얼굴은 무표정했다. 여기가 그 장소였다. 그가 타고 온 자동차는 저 아래 주차장에 있었다. 절대 서두를 필요가 없었다. 초저녁이었다. 운전자는 기다릴 것이다.

대부분의 창문이 이미 어둠에 잠겼지만 그는 창문을 피했다. 첫 번째 착륙지인 발코니 밑에서 움직임을 멈추고 귀를 기울였다.

아무 소리도 나지 않았다.

고개를 들어 발코니를 훑었다.

아무도 없었다.

움직일 때 부드럽게 닿는 산들바람을 맞으며 왼쪽으로 갔다. 겁에 질린 새 한 마리가 외마디 비명을 지르며 보금자리를 떠나 그의 등 뒤로 멀리 날아가더니 어둠 속으로 모습을 감췄다.

계속 올라가다가 두 번째 착륙지에 이르자 속도를 줄이고 거기서도 같은 동작을 반복했다. 건물의 지도를 충분히 살펴보고 왔다. 목표한 방의 위치도 알고 창문에 창살이 있다는 것도 알았다. 단 한 번의 발길질로 문을 열어젖혀 불시에 방으로 들어가면 빠르고 간단할 것이다…….

그는 세 번째 착륙지 밑에서 가만히 귀 기울였다가 발코니를 훑어보고 몸을 쑥 올려 난간 위에 올라탔다. 그 순간, 그의 오른쪽에 있는 계단으로 사람이 나와 불을 붙인 담배를 한 모금 빨더니 바닥에 버리고 발로 밟아 껐다. 그는 난간 위에서 부엉이처럼 웅크린 자세로 그 체구가 작은 사람을 바라보았다. 그 사람도 지금은 미동도 하지 않고 자신을 쳐다보고 있었다. 손톱 한번 뽑고 손 한번 놀리면 문제도 되지 않을…….

“아키.” 부드러운 목소리가 들려왔다. “안녕하신가?”

아키는 일단 자제했다. 오른손을 바로 옆 난간 위에 올렸다.

“초면인 것 같은데.” 아키가 쉰목소리로 대답했다.

“맞아. 만난 적은 없지. 네 사진을 본 적이 있어. 우리처럼 고용된 사람들 사진도 함께 말이지. 너도 나처럼 내 사진을 봤을 거라고 생각했는데.”

둘 사이에 불꽃이 튀었다. 아키가 상대의 얼굴을 뚫어져라 쳐다보았다.

“낯이 익네.” 아키가 말했다. “이름은 생각 안 나.”

“티민 틴이라고 하지.”

“우린 여기 온 목적이 같지 않나. 넌 집으로 가도 돼. 도움 같은 건 필요 없으니까.”

“같은 목적은 아니지.”

“무슨 소린지 모르겠네.”

“이 일은 내가 처리한다. 네가 여기 있는 게 네 잘못은 아니지만, 너무 거슬리거든. 그러니 나한테 맡겨두고 넌 가라.”

아키가 피식 웃었다.

“누가 그자를 죽일지 입씨름하는 건 멍청한 짓이지.”

“거참, 듣던 중 반가운 소리군. 넌 가서 발 닦고 잠이나 자.

내가 처리할 테니까."

"그런 뜻이 아닌데."

"그럼 뭔데?"

"난 명령을 받았어. 게다가 그자를 증오하도록 훈련까지 받은 상태고. 이 일은 내 일이야. 넌 네 갈 길을 가. 그럼 되는 거야."

"안타깝게도 그렇게는 못 하겠는데. 나한테 명예가 걸린 일이라서 말이지."

"너만 그렇게 생각하는 것 같나?"

"이제 보니 아니네."

아키가 난간에서 자세를 살짝 바꿨다. 티민 틴은 오른쪽으로 몸을 틀었다.

"포기할 생각은 없나?"

"없어. 너도?"

"물론."

아키가 손가락을 쫙 펴니 갈고리발톱 같은 손톱이 쭉 튀어나왔다.

"너무 늦었어." 아키는 앞으로 휙 나오면서 말했다.

티민 틴이 뒤로 물러서서 무릎을 구부린 자세로 손을 쫙 펴고 손바닥을 어깨높이에서 앞으로 향하고는 몸을 홱 돌렸다. 아키는 오른손을 가슴에 대고 손가락은 구부려서 바깥으로 향하게 하고, 왼손은 손가락을 모조리 펴서 앞으로 뻗고 체중을 왼발에 실어 오른쪽 다리를 굽혔다. 티민 틴은 오른손을 왼쪽 어깨 부근으로 당기고, 왼손은 앞에서 몸을 가로지르고 손가락의 위치를 바꾸면서 옆으로 돌아섰다.

아키는 발로 차는 척하면서 오른손으로 두 번 할퀸 다음, 즉시 두 손을 교차하며 방어 자세를 취했다. 티민 틴은 뒤로 물러나 양팔을 앞으로 쭉 뻗어 손을 뱅글뱅글 돌렸다. 티민 틴이 아키를 가늠해 보느라 유도한 타격은 생각보다 약했다. 이제 티민 틴은 머리를 뒤로 젖히고 양팔을 위로 올리며 오른쪽 다리를 쭉 뻗는 자세로 바꿨다. 팔로 바구니 모양을 만들더니 앞으로 살짝 숙이면서 돌았다.

"뭐 하는 짓인지 모르겠네." 아키가 말했다.

티민 틴은 웃으면서 왼손의 손가락을 미묘하게 움직이며 어깨를 약간 내렸다. 아키는 왼팔의 위치를 바꾸고 뒤쪽에 있던 발을 움직여 새로운 자세를 잡았다.

티민 틴은 왼손을 내리면서 손가락을 구부려 위로 향하게 하고, 오른손으로는 얼굴에 천천히 부채질을 했다. 아키가 뒤로 훌떡 공중제비를 넘더니 발차기를 하며 앞으로 다가왔다. 티민 틴이 재빠르게 왼팔을 들어 올려 발차기를 막아내면서 아키를 내동댕이치자, 아키는 옆으로 몇 바퀴 재주넘기를 하면서 상대의 공격 범위에서 벗어나 몸을 낮추고 방어 자세를 취하더니 일어서서 손을 마구 휘둘러 댔다. 이제는 눈부신 속도로 수십 가지 자세를 취하며 발을 질질 끌고 원을 그리듯 왼쪽으로 돌았다. 티민 틴의 몸은 아키의 움직임을 따라 흐르듯이 대응했다. 양손을 움직이는 속도는 아키보다는 느린 듯 보였지만 자세가 흐트러지는 법은 없었다.

마침내 아키는 멈춰 서서 그를 정면으로 마주했다. 티민 틴도 걸음을 멈추고 아키를 똑바로 쳐다보자, 아키가 오른손을 한 번 휘둘렀다. 티민 틴도 동작을 똑같이 따라 했다. 그들은 삼십 초 동안 미동도 않고 서 있었다. 그러더니 아키가 오른손을 다시 움직였다. 티민 틴은 왼손을 움직였다. 그들은 삼십 초가량 서로 마주 보았으나, 이윽고 아키가 고개를 돌렸다. 티민 틴이 코를 만졌다. 아키의 얼굴에 당황한 기색이 역력했다. 그때 티민 틴이 천천히 몸을 숙이더니 왼손으로 바닥을 짚었다. 그런 다음, 왼손을 홱 뒤집어 팔 센티미터가량 앞으로 쑥 내밀었다.

아키가 귀를 만지더니 물었다. "한 손으로 낸 그 소리는 뭐지?"

"나비."

아키는 허리를 펴 몸을 세우고 한 걸음 앞으로 내디뎠다. 티민 틴은 손으로 자신의 눈을 가렸다. 그들은 일 분 동안 그 자세 그대로 있었다.

티민 틴은 잽싸게 왼쪽으로 두 발자국 옮기더니 공중으로 다리를 차올렸다. 아키가 눈 깜짝할 사이에 몸을 틀면서 뒤로 한껏 젖혔으니 망정이지, 하마터면 날아오는 다리에 턱을 맞을 뻔했다. 아키는 다시 몸의 균형을 잡으면서 양팔을 뻗고 손톱을 최대한으로 뽑아내 두 번 휘저었다. 티민 틴은 다시 왼쪽으로 두 걸음을 뗐다.

아키가 몸을 앞으로 숙이고 손가락을 구부려 손톱을 허공에 휙휙 그어대며 티민 틴 주위를 크게 돌기 시작했을 때는 이마에서 땀이 났다.

티민 틴은 오른손을 어깨높이에서 흐느적거리며 아키를 따라 천천히 돌았다. 아키가 펄쩍 뛰어오르려던 찰나에 티민 틴은 허리를 낮게 굽혔다. 그 바람에 아키가 멈칫했다.

"정말 재미있었어." 아키가 말했다.

"이번에도 그럴 거야." 티민 틴이 대답했다.

"흰 꽃이 내 수의 위로 떨어지는 것 같달까. 네 손은 너무 창백하군."

"영광스럽게도 꽃의 보호를 받으며 봄날에 세상 하직하면

평온할 지어다."

티민 틴은 느릿느릿 몸을 폈다. 아키는 왼손으로 천천히 팔자 모양을 그리며 팔을 점점 뻗더니 오른손을 홱 움직였다.

티민 틴은 재빨리 왼쪽으로 두 걸음을 옮겼다. 아키는 시계방향으로 원을 그리듯 움직이더니, 상대방이 자신의 주변을 돌기 시작하자 그 움직임을 민첩하게 따라갔다. 시원한 바람이 두 사람을 휘감을 때, 아키는 왼발로 발차기를 시도하려다가 생각을 고쳐먹고 무게 중심을 옮겨 오른발로 차는 시늉을 했다. 티민 틴은 손바닥을 아래로 향한 채 양팔을 뻗더니 오른손을 서서히 아래로 내리기 시작했다. 아키가 목을 천천히 한 바퀴 돌렸다. 어깨는 반대 방향으로 움직이기 시작했다. 양손은 무늬를 그리며 앞으로 뻗었다가 뒤로 뺐다가 휘두르는 척하기도 했다…….

티민 틴은 여전히 오른손을 매우 느리게 아래로 내리면서 오른쪽으로 몸을 기우뚱하다가 왼쪽으로 기우뚱했다. 다시 왼쪽으로 기우뚱…….

"천둥의 색은 무엇인가?" 아키가 물었다.

…… 이번에는 오른쪽으로 몸을 기울이면서 손은 여전히 내리고 있었다.

아키가 또 한 번 발을 차는 시늉을 하더니 손톱을 펴고 손으로 크게 반원을 그리면서 앞으로 돌진했다.

티민 틴은 왼쪽 다리를 뒤로 빼면서 어깨 너머로 고개를 돌렸다. 몸을 옆으로 돌리면서 왼손을 브이 자로 만들어 아키의 왼쪽 겨드랑이 밑을 잡았다. 오른손은 상대방의 사타구니를 들어 올렸다. 그대로 왼쪽으로 몸을 틀었을 때 티민 틴이 느낀 건 한순간의 미미한 무게감뿐이었다. 아키는 난간 밖 어둠 속으로 사라졌다.

"직접 봐." 티민 틴이 대답했다.

심장이 몇 차례 고동치는 동안 그 자리에 서서 가만히 어둠을 바라봤다. 그러더니 다시 허리를 굽혔다.

티민 틴은 오른쪽 바짓가랑이의 바깥 솔기에 달린 폭 좁은 주머니에서 연필처럼 가느다란 막대기 비슷한 걸 꺼내 손으로 무게를 가늠하더니 하늘을 향해 겨누었다. 막대기 옆에 달린 단추를 엄지손가락으로 누르니 끝에서 선명한 빨간 불빛이 나왔다.

손목을 움직여 빛을 난간 쪽으로 쐈다. 이윽고 가느다란 선이 이십 센티미터 굵기의 돌을 잘라냈다. 티민 틴은 불을 끄고 잘린 난간으로 다가갔다. 패인 자국을 엄지손가락으로 만지면서 처음으로 난간 밑을 내려다보았다. 고개를 끄덕끄덕하고는 뒤돌아 나오면서 막대기를 주머니에 도로 집어넣었다.

발소리를 죽이고 계단으로 다가갔다. 고개를 들어 어둑한 계단실을 올려다보니, 한때 본 적 있는 고대 건물의 차가운 석조 회랑이 떠올라 잠시 시야가 흔들렸다.

왼쪽 벽에 바싹 붙어 천천히 계단을 올라갔다. 문 하나를 지나 다음 문으로 향했다.

목표한 문 앞에 다다르자 우뚝 멈춰 섰다. 문틈 아래로 희미한 빛이 새어 나왔다. 막대기를 손에 쥐고 가만히 서서 귀를 기울였다. 안에서 조용히 뒤척이는 소리, 가구가 삐걱거리는 소리가 나더니 정적이 감돌았다.

무기를 들고 빗장이 걸려 있을 문설주 언저리를 겨냥했다. 다시 멈칫했지만 막대기를 내리고 앞으로 갔다. 슬그머니 문을 밀어보았다. 잠겨 있지 않았다.

옆으로 걸음을 옮기고 다시 무기를 위로 향하며 문을 활짝 열어젖혔다.

티민 틴이 무릎을 꿇었다. 손에서 막대기가 떨어졌다.

"몰랐어." 티민 틴이 말했다.

티민 틴은 앞으로 폭 고꾸라지며 이마를 바닥에 찧었다.

레드가 숙박비를 지불하고 방에 끼친 피해를 보상하고 있는데, 몸집이 작고 터번을 두른 내기 브로커가 이국적인 향을 물씬 풍기면서 그에게 다가왔다.

"축하드립니다, 도라킨 씨. 오늘 아침에 얼굴이 좋아 보이네요."

"가끔 이렇습니다." 레드가 대답하며 뒤를 돌아보았다. "뭐, 별다른 통지가 있었던 건 아니지만요."

"상금 탄 것 축하한다는 말이었는데요."

"네? 내가 내기를 걸었나요?"

"그럼요. 채드윅이냐 도라킨이냐 하는 블랙 데케이드의 다음번 대결에서 본인에게 돈을 걸었잖아요. 기억 안 나세요?"

"아!" 레드는 콧잔등을 문질렀다. "네, 기억이 나네요. 어제

일은 기억이 좀 가물가물해서요. 멍청한 짓을 저지르다니…… 잠깐만요. 내가 이겼다면 어젯밤 내 목숨을 노린 시도가 실패했다는 거군요."

"그런 것 같아요. 당신이 이겼다는 통지를 받았거든요. 현금으로 드릴까요, 계좌 이체할까요?"

"이체해 주세요. 별다른 사항 없었어요?"

"없었어요." 브로커가 서류를 내밀었다. "여기 사인하시면 영수증 드릴게요. 상금이 입금될 겁니다."

레드는 서류에 사인을 휘갈겼다.

"이번 일로 주변에 폐를 끼친 건 없습니까?"

"당신이 방에서 저지른 일에 대해선 변상을 해야겠더군요."

레드가 고개를 살래살래 저었다.

"그럴 리가요. 방에 시신은 없었어요."

"다섯 번째 대결에도 내기를 거시겠습니까?"

"다섯 번째요? 방금 상금 받은 것까지 합쳐도 공격은 딱 세 번인데요."

"당신이 네 번 살아남은 걸로 기록돼 있어요."

"이해가 안 가네요. 또 돈을 걸어서 사태를 복잡하게 만들고 싶진 않습니다."

브로커가 어깨를 으쓱해 보였다.

"그러시든가요."

레드는 가방을 들고 돌아섰다. 몬다메이가 플라워스를 들고 천천히 따라나섰다.

"그럼요. 멍청한 짓이고말고요." 레드와 몬다메이가 걸음을 옮기자, 플라워스가 입을 열었다. "내기를 하다니!"

"그건 아까 나도 인정했잖아. 어제의 나란 사람한테는 문제가 좀 있었다고."

"그 뒷감당을 어떻게 하려고 그래요. 채드윅은 말 그대로 눈에 불을 켜고 당신의 일거수일투족을 주시하고 있다고요. 우리가 주차장을 무사히 지날 수 있을 것 같아요?"

몬다메이가 플라워스에 회로를 연결해 둘이서만 대화를 나눴다.

"레드가 오늘 좀 달라 보이긴 하네요." 몬다메이가 말했다. "그런데 자신이 어제와 같은 사람이 아니라고 하던데, 그게 무슨 뜻이죠?"

"충분히 관찰하고 그 증상을 이해할 만큼 레드와 오랜 시간 함께 지내지는 못했어요. 그를 알고 나서부터 여태껏 발작이 세 번 있었는데, 그때마다 몇 년씩 젊어지고 마치 다른 사람처럼 행동하더라고요."

"11C에서 레드를 다시 만났을 때 젊어 보인다고 생각했는데, 그가 자기 인생의 어느 시점으로 온 건지 알 수 없었어요. 과거에 나를 찾아왔을 때마다 항상 나이 든 상태였는데."

"몇 살이요?"

"한 오십 대쯤이었어요. 레드가 로드 저 위쪽에서 젊어지는 약을 구해와 복용할 수도 있죠."

"나한테는 약리학 관련 프로그램이 부족해서, 그런 약물이 조증 발작 다음에 성격 변화라는 부작용을 일으킨 건지 알 수 없어요."

"여기 이대로 있나 밖으로 나가나 위험한 건 마찬가지 같은데." 레드가 대답했다.

"성격 변화에 대해 말해주겠어요?"

몬다메이는 플라워스와 다시 둘만의 대화를 이어갔다.

"일시적으로 이성을 잃는 그런 겁니까? 지난번에 봤을 때보다야 좀 달라진 듯한 인상을 받긴 했지만, 이번에는 같이 한 시간이 많지 않았고, 특별히 주의 깊게 본 것도 아니어서 판단이 서지 않네요."

"변화가 일어나면 매번 그 상태가 계속 유지되는 것 같아요. 생각은 더 어려지고, 혈기는 왕성해지고…… 보수적인 면도 점점 없어지고 자꾸 모험하려고 들어요. 정신적으로나 신체적으로나 반응 속도가 빨라지고, 뭐랄까, 냉혹하고 오만하고, 대담해졌다고 할까요……. '경솔함'이 딱 맞는 표현일 거예요."

"그러면 레드가 경솔하게…… 뭔가를 하려고 들 가능성이 있겠네요?"

"그럴 것 같아요."

"레드, 차까지 내가 앞장서서 가겠네." 몬다메이가 로비 출입문으로 향하면서 말했다.

"그럴 필요 없어."

"그래도."

"알았어. 그렇게 해."

"우린 어디로 가는 거죠?" 그들이 아침 햇살을 받으며 밖으로 나올 때, 플라워스가 물었다.

"로드 위쪽으로."

"채드윅을 치러 가는 건가요?"

"어쩌면."

"27C로요? 거긴 꽤 멀어요."

"알아."

그들이 주차장을 가로질러 가 차에 타는 동안 주변에는 아무도 없었다.

“시동 걸기 전에 시스템을 모두 점검할게요.” 플라워스가 자기 자리인 서랍에 놓이자 말했다.

“그래, 시작해.”

“레드, 오늘 아침에 자네 안색은 좋아 보이는데.” 몬다메이가 말했다. “실제로 기분은 어떤가? 어제 한 일이 잘 기억나지 않는다는 말을 옆에서 들었는데. 자네가 로드에서 벗어나 좀 쉴 만한 장소를 우리가 찾아보는 게 어떤가?”

“쉬라고? 천만에. 기분은 끝내주지.”

“정신적으로, 감정적으로 쉬라는 뜻이지. 자네 기억이 잘못된 거라면…….”

“상관없어. 중요하지 않으니까. 걱정하지 마. 발작하고 나면 늘 이렇게 기억이 좀 흐릿하거든.”

“발작 증상은 어떤 거지?”

“나도 몰라. 기억을 하나도 못 하니까.”

“뭣 때문에 발작을 일으킨 건가?”

레드가 어깨를 으쓱했다.

“누가 알겠어?”

“어떤 특별한 때에 일어나는 건가? 일정한 패턴이 있나?”

“알 길이 전혀 없어.”

“이 증상으로 진료를 받아본 적은?”

"없지."

"어째서?"

"난 치료받고 싶지 않아. 발작하고 나면 매번 컨디션이 좋아지거든. 전에는 기억하지 못했던 걸 떠올리면서 아침에 눈을 뜨지. 세상이 지금까지와는 다르게 보여서 항상 즐겁고……."

"잠깐. 자네, 아까 발작할 때마다 기억이 흐릿해진다고 하지 않았나?"

"응. 이쪽 끝에서 보면 잃는 거지만 저쪽 끝에서 보면 얻는 거야."

"시스템 모두 이상 없음." 플라워스가 알렸다.

"수고했어."

레드가 시동을 켜고 주차장 출구로 향했다.

"무슨 소린지 점점 더 알 수가 없군." 몬다메이가 입을 열었을 때, 트럭은 십자군의 십자 표시가 새겨진 누더기를 걸친 사람을 피하고, 주차장으로 들어와 트럭이 있던 자리에 차를 세운, 젊은 남자가 모는 낡은 차량을 지나쳐 고속도로에 들어섰다.

"저쪽 끝이라는 게 무슨 뜻이지? 뭘 기억하는 건가? 자네의 변화라는 게, 어떤 과정을 겪으며 일어나는 건지 아는 바가 있나?"

레드가 한숨을 푹 내쉬었다. 담배를 찾아 입에 물었지만 불은 붙이지 않았다.

"그래, 내가 노인이었던 게 기억나." 레드가 이야기를 시작했다. "아주 늙었고…… 온통 바위로 뒤덮인 황무지를 걷고 있었어. 거의 아침이 밝아올 때쯤이었는데 안개가 자욱했지. 내 발은 피투성이었어. 지팡이를 하나 갖고 있었는데 거기에 몸을 많이 의지했어."

레드는 물고 있던 담배를 반대쪽으로 옮겨 다시 물고는 창밖을 내다보았다.

"그게 다야."

"그게 전부라고요? 그럴 리가 없어요." 플라워스가 끼어들었다. "당신이 성장하고 있다고, 그게 성장인지 뭔지 모르겠지만, 그러니까 나이를 거꾸로 먹어가고 있다는 말을 하려는 거예요? 처음에는 노인이었다, 이 뜻인가요?"

"내 말이 그 말이라고." 레드가 짜증을 내며 대답했다.

"커브길 조심해요. 그러니까 노인의 몸으로 불모지를 걷기 전은 기억나는 게 없다는 뜻이죠? 아니면…… 이번에는 뭐가 기억났어요?"

"앞뒤가 하나도 맞지 않아. 안개에 갇혀 있는데 이상한 형태들이 내 주변을 맴도는 뭐 그런 약간 헛소리 같은 꿈. 그리고 두려움이라든가 다른 여러 가지……. 그리고 나는 계속 가고 있었지."

"자네가 어디로 가는지 알았나?"

"아니."

"혼자였고?"

"처음에는."

"처음에는?"

"길을 가다 보니 어디선가 길동무가 생겼어. 어떻게 된 상황인지 아직은 기억이 모호하지만 나이 든 여자가 있더라고. 우리는 서로 도우며 난관을 극복했지. 레일라였어."

"자네가 몇 년 전 나를 보러 왔을 때, 레일라와 함께였잖아. 하지만 그때 레일라는 그렇게 나이를 먹지 않았었는데……."

"같은 사람이 맞아. 갈 길이 달라 헤어졌다가도 여러 번 다시 만났지. 노화가 거꾸로 진행되는 건 레일라도 나와 별반 다르지 않았어."

"자네와 채드윅의 일은 그녀와 관계없지?"

"응, 없어. 하지만 채드윅을 알더군."

"그 이상한 성장 과정을 거치며 어디로 가는 건지 둘 중에 아는 사람은 있나?"

"레일라는 이게 좀 더 큰 생애주기의 한 단계라고만 여기는 것 같았어."

"자네는 생각이 다른가?"

"뭐, 그게 맞을 수도 있고. 난 잘 모르겠어."

"채드윅은 자네가 이렇다는 걸 전부 알고 있나?"

"알지."

"채드윅이 자네보다 아는 게 더 많을 수도 있을까?"

레드는 머리를 흔들었다.

"아무도 모르지. 모든 가능성은 열려 있다고 봐."

"그가 자네에게 적대감을 품는 이유는 뭔가?"

"채드윅과 관계가 틀어졌을 때, 그는 내가 괜찮은 사업 계획을 무산시켰다고 화를 냈어."

"자네가?"

"그런 것 같아. 그렇지만 채드윅이 사업의 본질을 바꿔버리는 바람에 더는 구미가 당기지 않더라고. 내가 사업을 다 망쳐놓고 떠났지 뭐."

"그래도 그는 여전히 부유하지?"

"어마어마하지."

"그러면 돈 문제가 아니라 다른 동기가 의심되는데. 자네의 행복이 점점 커지는 게 질투 난다든가."

"그럴 수도 있겠지. 근데 딱 들어맞는 건 없어. 내가 염려되는 건 그의 동기가 아니라 목적이야."

"난 그냥 적을 파악하려던 것뿐이네, 레드."

"알아. 하지만 달리 더 할 얘기가 없어."

레드는 아래쪽 도로를 타고 내려가 왼쪽으로 방향을 튼 다음, 진입램프로 향했다. 트럭에 웬 그림자 하나가 떨어졌는데, 레드가 빛 속으로 들어간 후에도 들러붙어 있었다.

"오늘 아침 자네 방이 아주 난장판이더군." 몬다메이가 말했다.

"응. 늘 그래."

"중국어 비슷하게 생긴 무늬가 안에서 타고 있던데, 그게 뭔가? 그것도 늘 있는 건가?"

"그건 아니고. 그건…… 중국어 맞아. '행운'이라는 뜻이야."

"그걸 어떻게 알지?"

"모르지. 알 수가 없어. 희한하네."

몬다메이가 고음의 갈라지는 휘파람 소리를 냈다.

"뭐가 웃겨?"

"자네가 예전에 두고 간 책이 생각나서 그래. 그림들로 된 거였는데, 자네가 나한테 하나하나 설명해야 했지."

"아……."

"그림에 설명이 들어간 만화책이었지."

레드가 담배에 불을 붙였다.

"안 웃기거든." 레드가 말했다.

그 이상한 그림자는 트럭 짐칸에 들러붙어 떨어질 줄 몰랐고, 몬다메이는 다시 휘파람을 불었고, 플라워스는 노래를 부르기 시작했다.

랜디는 그날 하늘이 밝아졌다 어두워졌다 하며 고동치다, 그 주기가 점차 길어지는 모습을 지켜보았다. 랜디의 차가 고속도로 휴게소로 들어갔을 때는 이슬비가 보슬보슬 내리는 쌀쌀한 아침이었다. 창에 서리가 낀 건물 옆으로 황금빛과 붉은빛으로 물든 단풍잎이 뚝뚝 떨어졌다. 그들은 주유기 옆에 차를 세웠다.

"이건 말도 안 돼." 랜디가 말했다. "지금은 여름이잖아. 가을이 아니라."

"랜디, 여긴 가을이에요. 게다가 다음 출구로 나가 남쪽으로 계속 달린다면 남부 연합군에게 총격을 받을 수도 있어요. 어느 경로로 가느냐에 따라 북부 연합군일 수도 있고요."

"농담하는 것 아니지?"

"그럼요."

"아니라고 생각했는데, 불행히도 이제 네 말을 믿기 시작했어. 하지만 리 장군*의 부하들이 로드의 갓길을 따라 행군해서 워싱턴, 예를 들면 쿨리지**가 대통령일 때? 아이젠하워*** 아님 잭슨**** 시대의 워싱턴을 점령하지 못하도록 막을 방법은?"

"로드에 혼자 와봤어요? 아니면 로드에 대해 들어본 적이라도 있나요?"

"아니."

"특정 사람이나 기계만이 로드를 찾아내 여행할 수 있어요. 왜 그런지는 몰라요. 로드는 유기체예요. 이건 로드의 특징이기도 하고, 로드 여행자의 특징이기도 하죠."

"내가 그런 사람이 아니었다면?"

"어떻게 해서든 내가 당신을 데려왔겠죠. 가이드에 따라 많은 게 좌우되거든요."

"그렇다면 내가 혼자 로드를 여행할 수 있었을지 어땠을지

---

* 로버트 리. 미국 남북전쟁 당시 남부 연합군 총사령관(1807~1870).

** 미국의 제30대 대통령(1923~1929).

*** 미국의 장군이자 제34대 대통령(1953~1961).

**** 미국 제7대 대통령(1829~1837).

는 여전히 모르는 거네?"

"그렇죠."

"그럼, 만약 리 장군의 부하가 로드에 대해 알고 여행이 가능하다면? 그럼 어떻게 되는 거지?"

"곧 알게 되겠지만, 로드를 아는 사람들은 비밀에 부치는 경향이 있어요. 그렇다 해도 만약 그 부하가 로드를 여행한다면? 그리고 내가 아까 말한 대로 당신이 다음 출구로 나가서 남쪽으로 쭉 달린다면? 그래서 당신이 스톤월 잭슨*을 차로 친다면 어떻게 될까 하는 거죠?"

"그래, 그럼 어떻게 되는 거지?"

"…… 그런 다음 유턴을 해서 되돌아왔다고 쳐요. 로드에 아까 지날 때는 없었던 갈림길이 생긴 걸 눈치챘을 거예요. 멀리 떨어진 오지 어딘가에 있던 길인데, 여기로 돌아오는 루트를 만들기 위해 당신의 길과 합류된 거죠. 그래서 그 후로는 되돌아갈 때 합류지에서 당신이 장군을 차로 친 장소로 이어진 샛길을 선택할 수도 있고 그렇지 않을 수도 있어요. 하지만 전자의 경우 상태가 매우 안 좋은 길일 거예요. 오랫동안 사람들의 발길이 끊겨 사라질 수 있어요. 그렇지

---

* 미국 남북전쟁 당시 남부 연합군의 장군(1824~1863).

않고 만일 그 샛길을 많이들 이용한다면 다른 샛길이 사라지겠죠. 가능성이 적긴 한데, 그렇게 되면 나중에 원래 왔던 길 쪽으로 되돌아가려고 해도 로드를 몇 C 거슬러 올라가는 여러 루트를 찾기가 점점 어려워져요. 또 당신이 알던 길과는 좀 다른 새로운 샛길들이 생길지도 모르고요. 그럼 어떤 샛길에서 길을 잃고 원래 왔던 장소로 다시 돌아가지 못할 가능성도 있어요."

"다니지 않는 길이 되더라도 길이었던 흔적은 남아 있는 거야?"

"이론적으로는 그래요. 바큇자국만 남고, 그 위로 잡초가 무성해지고, 강물에 길이 끊기고, 낙석으로 막혀 있더라도 흔적은 남아요. 그걸 발견하는 게 여간 어려운 일이 아니지만요."

"그런 길을 지나려면 이미 벌어진 일을 원상태로 되돌리든지 뭔가 다른 걸 하는 게 더 쉬울 것 같은데."

"언제 한번 해보세요. 더 이상 당신이 기억하는 그 장소가 아닌 곳으로 돌아가서 기억을 되살려 예전과 다른 걸 모두 원래대로 해보세요. 아마 중추적인 것 하나만 바꾼다고 되는 건 아닐 거예요. 당신이 어떻게 하느냐에 따라 다르겠지만 변화는 또 다른 효과를 낳을 테니까요. 단순히 다른 루트를 하나 더 만든 것에 불과할지도 모르지만…… 물론, 그 루트가 당신의 목적에 부합한 원래의 루트에 아주 비슷할 수도 있겠죠. 반대로 전혀 비슷하지 않을 수도 있고요."

"그만. 거기까지. 정리할 시간을 좀 줘. 나중에 더 물어볼게. 그나저나 왜 여기 차를 세웠어? 아직 기름 넣을 필요 없잖아."

"여기가 셀프 주유소거든요. 78쪽을 펼쳐서 주유기 옆에 있는 저 박스에 나를 갖다 대면 내가 신용카드 역할을 해요. 돈은 이전 사용자의 계좌에서 빠져나가요. 그러면 계좌가 활동계좌인지 아닌지 바로 알 수 있어요. 그 사람이 마지막으로 연료를 채운 곳도 알 수 있죠. 우린 거기로 가면 돼요."

"알았어." 랜디가 리브스를 들고 차 문을 열며 말했다. "계좌가 어떤 이름으로 개설된 건지 말해줄 수 있어?"

"도라킨."

"이름이야, 성이야?"

"잘 모르겠어요."

랜디는 차를 빙 돌아 주유기 옆 장치에 책을 끼워 넣었다. 장치 안에서 불이 들어왔다.

"어서 기름을 넣어요." 리브스가 소리를 죽여 말했다. "계좌가 아직 살아 있네요."

"도둑질하는 것 같아."

"에이, 그 사람이 당신 아버지라면 못해도 기름 정도는 사 주겠죠."

랜디는 주유구 캡을 열고 호스를 끌어와 레버를 당겼다.

"그는 16C 초 휴게소에서 마지막으로 기름을 넣었어요." 랜디가 주유건을 잡고 주유하는 동안 리브스가 말했다. "거기로 가서 주변에 물어보죠."

"그건 그렇고, 이런 휴게소와 주유소는 누가 운영하는 거야?"

"이상한 종족들이요. 고향으로 갈 수 없고, 새로운 땅에 적응을 못 하거나 안 하는 그런 망명자나 난민들. 아니면 집으로 돌아가는 길을 찾지 못해 로드를 떠나기 두려워하는 길 잃은 영혼들. 또 이동에 진저리 난 여행자도 있어요. 여기저기 돌아다녀 보고서 지금은 시공간을 초월한 이런 곳을 선호하는 사람들이죠."

랜디가 웃었다.

"앰브로즈 비어스*가 이 근처에서 책을 쓰고 있어?"

"사실은……."

---

* 미국의 단편 소설가(1842~1914).

노즐에서 딸깍 소리가 났다. 랜디는 주유건을 좀 더 잡고 있다가 주유구를 닫았다.

"아까 16C라고 했잖아. 16세기를 의미하는 모양이지?"

"맞아요. 자기가 원래 살던 지역에서 멀리 떨어져 로드를 여행하는 사람들은 대부분 포어토크라고 하는 일종의 무역 언어를 습득해요. 요루바어*, 말린케어**, 하우사어*** 같은 건데요, 일종의 인공어로, 넓은 범위에 걸쳐 사용되고 있죠. 장소에 따라 언어에 차이는 있지만 필요할 때마다 통역해 줄게요."

랜디는 장치를 열고 리브스를 꺼냈다.

"가는 동안 가르쳐줘." 랜디가 말했다. "난 언어에 늘 관심이 많아. 게다가 포어토크란 건 특히 쓸모가 있어 보이는데."

"그럴게요."

그들은 차에 올라탔다.

"리브스," 랜디가 자리에 앉으면서 말했다. "너 광학 스캔할 수 있잖아……."

---

* 아프리카 요루바족의 언어. 현재 나이지리아의 공식어.

** 서아프리카 말린케족의 언어.

*** 아프리카 하우사 민족의 언어. 지금은 나이지리아, 니제르 외 서아프리카 지역에서 사용된다.

"네."

"저기 말이지, 맨 마지막 페이지와 뒤표지 사이에 사진이 한 장 있거든. 보이니?"

"아뇨. 사진 방향이 잘못됐어요. 페이지는 상관없으니 사이에 끼워주세요. 특히 78쪽은……."

랜디는 사진을 꺼내 책 중간에 찔러 넣고 책을 꽉 움켜잡았다. 몇 초가 째깍째깍 흘러갔다.

"다 됐어?"

"네. 사진을 스캔했어요."

"그 사람이야? 도라킨 맞아?"

"그런 것 같아요. 아니라고 해도 몹시 닮았네요."

"가서 그를 찾아내자."

랜디가 시동을 걸었다.

램프 구간으로 내려가면서 랜디가 물었다. "그는 어떤 일을 해?"

긴 침묵이 흐르고 나서 리브스가 말했다. "나도 확실히는 몰라요. 레드는 오랫동안 온갖 종류의 물건을 실어 날랐어요. 그걸로 떼돈을 벌었고요. 그 당시 꽤 오래 채드윅이라는 사람과 동업 관계였는데, 채드윅은 나중에 로드 위쪽으로, 그러니까 상당히 먼 곳으로 사업체를 이전했어요. 채드윅은 레드와 함께한 사업으로 막강한 힘을 얻게 됐지만 결국 둘 사이가 틀어졌죠. 내가 레드에게 잊힌 무렵에 그런 일이 생겼어요. 당신 말대로 레드는 홀연히 떠나버렸답니다. 그래서 그의 직업에 대해 아는 거라곤 운송과 관련됐다는 것뿐이에요."

랜디가 싱긋 웃었다.

"…… 하지만 항상 궁금했어요." 리브스가 말을 계속했다.

"뭐가?"

"레드가, 조금 전 말한 그런 부류의 사람이 된 건 아닌지가요. 집으로 돌아가는 길을 찾지 못한 사람들 말이에요. 그는 항상 탐험하고 시험해 보면서 뭔가를 찾는 것 같았어요. 그리고 난 레드가 정확히 어디서 왔는지 몰랐어요. 레드는 샛길을 헤집고 다니는 데 시간을 많이 쏟았거든요. 얼마 후, 레드가 여기저기에서 뭔가를 바꾸려 했다는 걸 알았어요. 그가 되살리고 싶어 했던 일련의 상황을 마치 아주 오래전의 일처럼 완전히 기억해 내지는 못하는 것 같았지만요. 네, 그는 참 무던히도 로드를 여행했죠……."

"어쨌든 클리블랜드로 온 거군. 잠시였지만." 그러고는 랜디는 잠시 말을 멈췄다가 말했다. "어떤 사람이었어? 인간적으로 말이야."

“어려운 질문이네요. 한마디로 말해, 가만히 못 있는 사람이었죠.”

“내 말은, 정직한 사람이었어? 아니면 정직하지 못했어? 다정한 사람이었어? 얼간이었어?”

“아, 상황에 따라 다 해당하는 사람이었어요. 성격이 갑작스럽게 잘 변했거든요. 하지만 나중에…… 나중에는 자기 파괴적인 사람이 됐죠…….”

랜디는 고개를 저었다.

“그가 아직 살아 있다면, 지금은 그냥 기다릴 수밖에 없겠어. 언어 공부를 한번 해볼까?”

“좋죠.”

레드가 속도를 줄이지 않고 오른쪽으로 거칠게 핸들을 꺾어 좁디좁은 갈림길로 들어섰다.

"지금, 뭐 하는 거예요?" 플라워스가 물었다.

"열두 시간 운전했으면 충분해. 이제는 자고 싶어."

"의자 뒤로 눕혀요. 내가 운전할게요."

레드는 고개를 저었다.

"이 빌어먹을 차에서 내려 제대로 좀 쉬고 싶어."

"그럼 숙박부를 작성할 때 가명을 사용하세요."

"그럴 일 없어. 야영할 거니까. 이 주변은 황무지라서 아무 문제없어."

"돌연변이 생물체는요? 방사능은요? 지뢰는요?"

"없어, 없다고. 전에 여기 와본 적 있어. 오염되지 않은 데야."

잠시 후, 레드는 속도를 줄이고 도로 상태가 엉망인 폭 좁은 다른 갈림길을 찾아냈다. 하늘은 점차 분홍과 보랏빛 황혼에 물들고 있었다. 저 멀리서 폐허가 된 도시의 잔해가 저녁 노을을 등지고 모습을 드러냈다. 레드는 방향을 다시 틀었다.

"곧고 장엄한 큰 기둥들도 저녁이면 현무암 동굴 같은 장관을 이루었지.*" 플라워스가 읊조렸다. "죽음의 박물관에서 야영하게 될 거예요."

"그렇지 않아." 레드가 말했다.

그들은 이제 비포장도로를 달렸다. 한동안 산비탈을 가로질러 가다가 좁은 협곡 위에 놓인 다리를 삐걱거리며 건넌 다음, 절벽을 빙빙 돌아 도시가 보이는 평원에 다다랐다. 평원으로 차를 진입하니 움푹 파인 구멍들과 녹슨 장비가 들여기저기 흩어져 있었다. 대부분은 지상을 달리거나 공중을 날았던 운송수단들이 파손된 것들이었다. 레드는 빈터에 차를 댔다.

차 지붕에 드리워진 기묘한 그림자는 이제 점차 어둡게 그 농도가 진해져 갔다. 파충류의 모습을 취하고…….

"트럭의 외관을 저기 있는 폐기물처럼 보이게 바꿔." 레드

---

* 『악의 꽃』에 수록된 「전생」을 인용.

가 지시했다.

"당신이 괜찮은 생각을 할 때도 가끔 있네요. 퇴폐미를 한껏 살리려면 오 분이나 육 분 정도 걸릴 거예요. 시동은 켜 두세요."

개조가 시작되자, 그림자는 갑자기 동그랗게 줄어들더니 차에서 툭 떨어져 박살난 비행 자동차 쪽으로 잽싸게 미끄러져 갔다. 레드와 몬다메이는 차에서 나와 장벽을 치기 시작했다. 시원해질 기미가 보이는 건조한 기류가 그들 주위로 천천히 흘렀다. 동쪽 하늘에서는 구름층이 형성되고 있었다. 어디선가 벌레 소리가 윙윙 들리기 시작했다.

그사이 트럭은 차체 여기저기가 뒤틀리더니 그 강도가 점점 심해져서 어떤 곳은 찌그러지고 어떤 곳은 마구 움푹 파였다. 차량 표면에 녹빛이 나타나더니 서서히 얼룩이 졌다. 차가 한쪽으로 기울어졌다. 레드는 트럭으로 돌아와 식량 꾸러미와 침낭을 내렸다. 시동이 멈췄다.

"다 됐어요." 플라워스가 말했다. "어때요?"

"처참하네." 레드는 가방 위에 아무렇게나 걸터앉아 음식 용기를 열면서 말했다. "고마워."

몬다메이가 다가와 서서 부드럽게 말했다. "십 킬로미터 이내에 뚜렷이 감지되는 적의는 없네."

"'뚜렷이'라니?"

"잔해물 가운데는 불발탄이나 발포하지 않은 무기가 많이 있거든."

"발밑에는?"

"없어."

"방사능은 있어? 독가스는? 박테리아는?"

"안전해."

"그럼 그 정도 상황은 감수할 수 있겠네."

레드는 다시 먹기 시작했다.

"자네, 오랫동안 애써왔다면서? 자네가 예전부터 기억하는 어떤 상황으로 되돌아가려고."

"맞아."

"전에 자네가 말한 기억 중에서 만약 찾아내는 게 있다면 알아볼 거라고 확신하나?"

"어느 때보다 확신하지. 지금은 기억나는 게 더 많거든."

"자네가 찾는 길을 발견한다면 그 길로 집에 돌아갈 텐가?"

"그럼."

"거긴 어떤 곳인가?"

"나도 모르지."

"그러면 자네는 뭘 찾고 싶은 건가?"

"나 자신."

"자네 자신을? 무슨 말인지 통 이해가 안 가네."

"나도 그래. 그치만 점점 분명해지고 있어."

하늘이 어두워지더니 별이 쏟아져 내렸다. 갈 곳을 잃은 조각달이 동쪽 하늘에 낮게 떠 있다. 레드는 담뱃불 말고는 어떤 불도 켜지 않았다. 옹기 술병에 담긴 그리스 와인을 병째 들이켰다. 밤바람이 시원하게 불었다. 플라워스는 들릴 듯 말 듯한 음량으로 뭔가를 연주하고 있었다. 드뷔시의 음악 같았다. 끝 모를 암흑의 그림자 소용돌이가 레드가 뻗은 발 근처로 미끄러져 다가왔다.

"벨크니스." 레드가 나직한 목소리로 말하자 바람이 뚝 멈춘 듯하더니, 그림자가 그대로 얼어붙고 담배의 불순물이 쉬익 소리를 내며 순간 확 타올랐다.

"집어치워야겠어." 그때 레드가 말했다.

"무슨 말인가?" 몬다메이가 물었다. "뭘 집어치우겠다는 거지?"

"채드윅 치는 것 말이야."

"그것 때문에 우리가 이렇게 애써온 것 아닌가. 어떤 대안도 자네 마음에 드는 게 없는 것 같군."

"그럴 가치가 없어. 그 뚱뚱한 멍청이는 그럴 가치가 없어.

직접 싸우지도 않을 텐데."

"멍청이라고? 그자는 아주 영리하다고 하지 않았나."

레드는 코웃음을 쳤다.

"인간이란! 머리가 좋은지 어떤지로 따지자면 녀석은 충분히 똑똑하지. 결국엔 다 소용없는 일이지만."

"이제 어떻게 할 작정인가?"

"채드윅을 찾아야지. 찾아서 입을 열게 할 거야. 녀석은 나에 대해서 여태껏 털어놓은 것보다 더 많은 걸 아는 것 같아. 내가 알지도 못하는 걸 말이지."

"자네가 그렇게 말할 수 있는 건, 뭔가 기억나는 게 있기 때문인가?"

"그래. 그리고 자네 말이 맞는 것 같아. 난……."

"뭔가 감지됐어."

레드가 벌떡 일어섰다.

"가까이에 있어?"

그림자가 트럭 뒤쪽으로 물러갔다.

"아니. 하지만 이쪽으로 오고 있어."

"동물이야? 식물? 아니면 광물?"

"기계와 관련 있어. 조심스럽게 다가오는데……, 어서 트럭에 올라타!"

레드가 차에 뛰어올라 타자마자 시동이 걸렸다. 문이 쾅 닫히고 창문도 닫히기 시작했다. 차의 겉모습이 또다시 바뀌기 시작했다.

플라워스가 느닷없이 몬다메이의 말을 레드에게 중계했다.

"정말 근사한 살인 기계인데!" 몬다메이가 말했다. "쓸데없는 유기체가 붙어 있어서 여러모로 기능이 떨어져 있기는 하지만, 그래도 제법 끝내주게 만들었군."

"몬다메이!" 트럭이 마구 흔들리자, 레드가 소리를 질렀다. "내 말 들려?"

"당연하지, 레드. 이 판국에 내가 자네를 소홀히 여기겠나? 이런, 점점 다가오고 있어!"

트럭은 삐걱삐걱 소리를 내며 일그러졌다. 엔진에서 펑펑 격렬한 소리가 났다. 문이 열렸다가 다시 쾅 하고 닫혔다.

"도대체 그게 뭐야?"

"탱크같이 생긴 큰 기계장치인데 무기가 잔뜩 들어차 있어. 육체가 없는 인간의 뇌가 조종하고 있는데, 내가 봤을 땐 좀 제정신이 아닌 것 같아. 이 부근에서 온 건지 아니면 자네가 올 줄 알고 누가 여기로 보내놓은 건지 모르겠네. 자네는 그게 뭔지 알겠나?"

"어디선가 그런 전함 같은 게 있다고 들어본 것 같아. 어디서 들었는지는 확실하지 않지만."

갑자기 하늘이 동트는 것처럼 시뻘게졌고 불길이 그들을 덮쳐왔다. 몬다메이가 한쪽 팔을 들자, 기계는 보이지 않는 벽에라도 부딪힌 양 우뚝 멈춰 섰고, 불길에 휩싸이더니 금세 진정됐다.

"핵무기가 있더군. 이제 깔끔하게 해결했네."

"어째서 우리는 아직 살아 있지?"

"내가 막았다네."

몬다메이의 팔에 잠시 불길이 너울거렸고, 저 멀리 언덕 꼭대기에 불이 붙었다.

"바로 그 앞에 커다란 구멍이 파여 있으니 속도를 내지는 못할 거야. 지금 당장 가도록 하게, 레드. 플라워스, 레드를 어서 데려가요."

"알았어요."

트럭이 평원을 가로질러 되돌아 나왔다. 전력으로 질주하는 와중에도 트럭의 겉모습은 바뀌고 있었다.

"대체 지금 뭐 하는 짓이야?" 레드가 버럭 소리를 질렀다.

하늘이 또다시 화염에 휩싸인 듯 환해졌지만 이번에 날아온 작은 불덩이는 앞으로 나아가지 못하고 약해지면서 강제로 되돌려 보내졌다.

"자네의 후퇴를 엄호해야겠네." 몬다메이의 목소리가 흘러 나왔다. "그 후에 내가 알아서 그를 처리하겠네. 플라워스가 자네를 다시 로드로 데려갈 거야."

"처리한다고? 어떻게 그러겠다는 거지? 자네는 어차피 못……."

엄청난 폭발이 일어난 후에 스피커에서 한바탕 잡음이 터져 나왔다. 트럭이 덜커덩 흔들렸지만 계속해서 흙길을 내달렸다. 트럭 주위로 먼지가 뽀얗게 소용돌이쳤다.

"…… 다시 완전하게 가동한다네." 몬다메이의 목소리가 들렸다. "플라워스가 내 회로를 분석해서 내가 직접 수리할 수 있게 알려줬……."

폭발이 또 일어났다. 레드는 뒤를 돌아보았다. 방금까지 야영하던 곳이 연기와 먼지로 휩싸였다. 레드는 순간적으로 귀가 먹먹해졌다. 다시 들리기 시작했을 때, 자신에게 말을 거는 목소리가 플라워스인 걸 알았다.

"…… 간다고 했죠? 우리가 어디로 간다고 했냐니까요?"

"어? 우선 여기서 벗어났으면 좋겠어."

"다음 목적지! 좌표 말이에요! 어서요!"

"아. 27C로 가자. 열여덟 번째 출구로 가서 거기서 오른쪽으로 네 번째 출구, 거기서 왼쪽으로 두 번째 출구, 다시 거기서 왼쪽으로 세 번째 출구. 커다란 흰색 고딕풍 건물이야."

"알아들었죠?" 플라워스가 말했다.

"그럼요." 몬다메이의 목소리가 잡음에 섞여 흘러나왔다. "로드의 위치를 찾아내면 이 일을 마무리 짓고 뒤따라가도록 해보겠소."

또 한 번 폭발이 일어났고 잡음이 계속되었다. 그들은 흙길을 달리다가 방향을 튼 다음, 계속 나아갔다.

랜디는 로비에서 만났던 호리호리한 빅토리아시대 신사와 마주 보았다. 남자의 가방은 문 근처에 있는 벤치 위에 놓여 있었다. 남자는 숱이 적은 연한 머리칼을 손으로 쓸었다.

"…… 맞습니다." 남자가 말했다. "삼 일 전이었죠. 바로 여기 주차장에서 총격전이 벌어졌습니다. 저는 휴가를 보내려고 이쪽으로 왔거든요! 그런데 폭력 사태라뇨!" 남자는 몸서리를 쳤다. 왼쪽 입가가 다시 떨려왔다. "도라킨 씨는 그날 밤 떠났죠. 어디로 갔는지 전 정말 모릅니다."

"여기 알 만한 사람은 없나요?" 랜디가 물었다.

"여기 주인인 존슨이 알 겁니다. 둘이 아는 사이 같더군요."

랜디가 고개를 끄덕였다.

"어디로 가면 존슨을 찾을 수 있을지 알려주시겠어요?"

남자는 입술을 깨물고 고개를 젓더니 랜디 너머로 보이는 식당 안에 자리한 바 쪽으로 눈길을 주었다. 그곳에는 매력이 넘치는 빨간 머리 여자와 체격이 건장한 흑인 남자가 말다툼을 하고 있었다.

"어쩌죠. 오늘 존슨이 쉬는 날인 것 같네요. 저는 존슨이 어디로 갔는지 모릅니다. 바에 가서 한번 문의해 보라는 말씀밖에 드리지 못하겠네요. 그럼, 이만 실례하겠습니다."

남자는 랜디 곁을 돌아 말다툼이 벌어진 바 쪽으로 불안한 걸음을 내디뎠다. 하지만 그 순간 언쟁이 뚝 그쳤다. 여자는 달콤한 말로 뭐라고 비아냥대더니 미소를 흘리면서 돌아나와 로비로 향했다.

남자는 한숨을 푹 내쉬고는 발걸음을 돌려 랜디 쪽으로 와서 가방을 집어 들었다. 여자가 다가오자 남자는 팔을 내밀었다. 여자가 팔을 잡더니 둘은 함께 걸어갔다. 문을 나서면서 남자는 랜디를 향해 고개를 세게 끄덕여 보였다.

여자와 옥신각신하던 흑인 남자가 식당으로 들어오는 랜디를 뚫어져라 쳐다보았다.

"저기, 죄송합니다만, 우리 어디서 본 적 있죠?" 남자가 물었다. "꽤 낯이 익네요."

랜디는 흑인 남자를 찬찬히 뜯어보았다.

"토바예요. 이름이 토바입니다." 남자가 덧붙여 말했다.

"처음 뵙는 것 같은데요." 랜디가 천천히 말했다. "저는 랜디 카르타고입니다. 20C에서 왔어요."

"제가 잘못 본 모양입니다." 토바가 어깨를 으쓱했다. "어쨌든 제가 맥주 한잔 사드리죠."

랜디는 식당 안을 쓱 둘러보았다. 거친 나무에 철제품뿐, 놋쇠로 만든 물건이나 거울도 없었다. 프런트 역할을 겸하고 있는 바에는 손님 네 명이 앉아 있었고, 다른 테이블에는 두 명이 앉아 있었다.

"몇 분 전에 바텐더가 나갔어요. 맥주는 직접 따라 마셔요. 여긴 워낙 격식을 따지지 않아서요. 바텐더가 돌아오면 제가 계산할게요."

"그러죠. 감사합니다."

랜디는 온통 골풀을 흩뿌려 놓은 바닥을 가로질러 선반에 얹힌 맥주통에서 맥주를 가득 따르고는 테이블로 돌아와 토바 맞은편에 앉았다. 랜디 오른쪽에는 반쯤 남은 맥주잔이 놓여 있었고, 그 앞의 의자는 테이블에서 떨어져 비스듬하게 놓여 있었다.

"…… 나쁜 년." 토바가 조용히 중얼거리더니 랜디에게 물었다. "사업차 이쪽으로 오신 건가요?"

랜디는 리브스를 테이블에 올려두고 고개를 흔들더니 맥주를 조금씩 마셨다.

"남자를 한 명 찾고 있었는데 방금 떠나버렸어요."

"저와 정반대네요. 저는 제가 찾고 있는 남자가 어딨는지 알거든요. 점심 먹으려고 여기 들린 거예요. 그런데 같이 일하는 망할 계집이 누굴 데려오더니 보잘것없는 폐허를 보러 간다며 가버리지 뭡니까! 그러니 저는 그 계집이 볼일 보고 올 때까지 여기서 방 잡고 기다려야겠죠. 하루나 이틀 정도 될려나. 에잇, 젠장!"

"그건 그렇고 그 사람은 누굽니까?"

"네? 누구요?"

"당신 친구 말입니다. 같이 얘기하고 있던 그 영국인요."

"아. 저도 몰라요. 그냥 뭐 좀 물어봤을 뿐이에요. 도움이 될지 모른다며 이름은 잭이라고 알려주더군요."

"자기 일이나 알아서 하라지, 거지 같은 자식."

토바가 한 잔 더 마셨다. 랜디도 그렇게 했다.

"뭐라고?" 바에 있던 사람 중 하나가 프랑스 억양으로 목청을 높였다. "17C 너머로 한 번도 가본 적 없다고? 세상에, 그럴 수가! 못해도 일생에 한 번쯤 20C 초반까지는 무조건가봐야 한다고! 왜냐하면, 하늘을 날기 위해서지! 사람은 하늘에서 만끽하는 자유로움을 알기 전까지는 완전하다고 할 수 없거든! 아니, 나중에 나오는 그 커다란 스카이 보트 말고. 그거라면 차라리 응접실에서 쉬는 게 낫지. 시시한 부르주아적 근성일랑 내버려 두고 조종석이 열리는 경비행기를 타고 자리에서 일어나는 거야. 거기서 바람과 비를 온몸으로 느끼면서 세상과 구름을 내려다보고 별을 올려다봐야 해! 그 경험이 자네를 변화시킬 거야. 정말이라고!"

랜디가 고개를 돌려 그 남자를 쳐다보았다.

"저 사람 누구죠?" 랜디가 묻자 낄낄거리는 토바의 웃음소리가 들렸다. 그 순간, 웬 여자가 들어오는 바람에 두 사람 모두 주의가 흐트러졌다.

여자는 식당 출입문 맞은편에 있는 왼쪽 복도 출입구를 통해 들어왔다. 그녀는 검은색 청바지를 입고 실용적으로 보이는 검은색 부츠를 신고 그 안에 바짓단을 넣었으며, 색 바랜 카키색 셔츠에, 검은 머리를 검은색 스카프로 묶었다. 넓은 이마, 진한 눈썹, 큰 녹색 눈동자, 그리고 립스틱을 칠하지 않은 큰 입. 오른쪽 엉덩이에 걸친 권총집에 총이 꽂혀 있었고, 묵직한 허리띠 왼쪽에는 사냥용 칼이 칼집에 싸여 날씬한 허리 아래로 매달려 있었다. 키는 백팔십 센티미터에 육박했고 가슴은 풍만하고 어깨는 떡 벌어졌으며, 고개는 빳빳하게 들고 있었다. 커다란 가죽 지갑을 마치 축구공처럼 가지고 다녔다.

여자는 순식간에 식당 안을 훑더니 랜디와 토바가 앉아 있는 테이블로 성큼성큼 빠르게 걸어와 지갑을 테이블에 탁 올려놓았다.

그 바람에 빨간 머리가 남겨놓고 간 맥주잔이 엎질러져 맥주가 토바의 무릎 위로 쏟아졌다.

"제기랄!" 토바가 소리를 꽥 지르며 자리에서 벌떡 일어나 손으로 바지를 탈탈 털었다. "오늘은 재수 없는 날이네!"

"미안해요." 여자가 미소를 머금고 말하더니 이내 랜디에게 시선을 돌렸다. "당신을 찾고 있었어요."

"네?"

"난 누구든 좋으니까 책임자를 찾아서 방을 잡고 잠이나 자러 갈게요!" 토바가 젖은 테이블 위에 돈을 휙 던지며 말했다. "만나서 반가웠어요. 행운을 빌어요. 빌어먹을!"

"맥주 잘 마셨어요." 랜디가 토바의 등에 대고 말했다.

여자는 빨간 머리가 앉았던 의자에 걸터앉아 점점 퍼져나가는 술에 젖을 새라 리브스를 얼른 치웠다.

"당신이 맞네요." 여자가 말했다. "그 사람에게서 떼어놓길

잘했네요.”

“왜요?”

“느낌이 안 좋아서요. 딱 보면 알죠. 그거면 충분하거든요. 리브스, 안녕.”

“안녕하세요, 레일라.”

그 순간, 막연하게 느껴지던 데자뷔가 저절로 설명되었다.

“당신 목소리는…….” 랜디가 입을 열었다.

“맞아요. 리브스의 목소리는 내 목소리예요.” 레일라가 말했다. “레드가 이 장치를 손에 넣었을 때 내 목소리로 음성 지원 되도록 손을 좀 봤죠.”

“대명사를 쓰세요.” 리브스가 협박조로 천천히 말했다. “여성형으로.”

“미안해, 할머니.” 레일라가 표지를 쓰다듬으며 말했다. “수정할게. 악의는 없었어.” 레일라는 랜디를 향해 웃어 보였다. “그나저나 이름이 뭐예요?”

“랜디 카르타고입니다. 이해할 수가 없네…….”

“당연히 그렇겠지만 그건 별로 중요하지 않아요. 난 늘 카르타고를 아주 좋아했어요. 언젠가 거기로 데려다줄게요.”

“레일라의 말에 토를 달면 한동안 허리 교정기를 차게 될 걸요.” 리브스가 말했다.

레일라가 표지를 힘껏 찰싹 때렸다.

"점심 먹었어요?" 레일라가 물었다.

"시간 감각이 좀 왜곡돼 있어요. 하지만 식사 시간이면 먹을게요."

"그럼 식당으로 자리를 옮깁시다. 내가 살게요. 출발하기 전에 배를 채우는 게 좋죠."

"출발한다고요?"

"그래요." 레일라는 자리에서 일어서며 자신의 지갑을 낚듯이 채갔다.

랜디는 그녀를 따라 식당으로 들어갔다. 레일라는 구석에 있는 테이블을 골라 구석을 등지고 앉았다. 랜디는 레일라 맞은편에 앉아 리브스를 테이블 위에 올렸다.

"이해할 수가 없어……." 랜디가 다시 말했다.

"주문하죠." 레일라는 웨이터에게 손짓하며 앞쪽에 보이는 다른 사람들의 음식을 눈여겨보았다. "먹고 나면 우린 서둘러서 11C로 가야 해요."

웨이터가 다가왔다. 레일라는 엄청나게 많은 양을 주문했다. 랜디도 똑같이 했다.

"11C에 뭐가 있는데요?"

"레드 도라킨을 찾고 있지 않나요? 나도 그래요. 며칠 전에 레드가 나를 빼놓고 거기로 갔거든요. 두 번째 블랙 버드가 거기서 레드 주변을 맴도는 걸 봤어요."

"당신이 그걸 어떻게 알아요? 내가 누군지 어떻게 안 거죠? 블랙 버드는 또 뭡니까?"

"당신이 누군지 전혀 몰랐어요. 리브스를 들고 있는 남자가 오늘 오후에 바에 올 거고, 그 사람도 레드를 찾고 있으며 레드에게 호감을 갖고 있단 사실만 알았죠. 그래서 당신을 만나 힘을 합치려고 온 거예요. 레드가 머지않아 어딘가에서 도움이 필요하게 될 거라는 걸 봤거든요."

"일단 알겠어요. 하지만 당신이 어디서 그런 정보를 얻었는지 여전히 혼란스럽네요. 내가 바에 있을 줄 어떻게 알았어요? 어떻게 거기서……."

"내가 설명해 줄게요." 리브스가 불쑥 끼어들었다. "안 그러면 하루 종일 걸리겠어요. 레일라의 얘기는 곧바로 눈사태가 나듯이 돼버리니까요. 위대한 회로 덕분에 음성은 얻었지만 그 나쁜 습관까지 같이 습득되지 않아서 얼마나 다행인지 몰라요. 랜디, 보다시피 레일라는 과학적으로는 설명이 안 되는 초능력이 있어요. 레일라는 석기시대 종교의식이니 마법이니 하면서 달리 표현하지만 결과는 똑같아요. 예지력은 칠십오 퍼센트쯤 효과가 있는 것 같아요. 어쩌면 더 될지도 모르고요. 레일라가 뭔가를 보면 종종 똑같은 일이 실제로 일어나거든요. 레일라의 말이 적중한 때가 많아서 단순한 우연으로 보기 어려워요. 안타깝게도 레일라는 마치 모든 사람이 이걸 이해하는 것처럼, 남들도 그녀가 보는 걸 똑같이 보는 것처럼, 보지 않더라도 적어도 그녀가 본 걸 무조건 받아들여야 하는 것처럼 행동하죠. 당신이 오는 걸 레일라가 안 건 당신이 오는 걸 알았기 때문이라고밖에는 말할 수 없어요. 궁금증이 좀 풀렸으면 좋겠네요."

"글쎄, 어느 정도는. 아직 해결되지 않은 의문점들이 남아 있긴 하지만. 레일라, 리브스가 설명을 제대로 한 게 맞나요?"

"제대로 하고도 남았죠." 레일라가 말했다. "트집 잡고 싶지 않으니 그쯤 해두죠. 당신이 오는 걸 봤어요. 사실이에요."

"당신이 누군지, 어디에서 왔는지, 왜 그렇게 레드의 안전에 관심이 많은지 아직 모르겠는데요."

"우린 서로에게 많은 것이 돼주었지만 그는 주로 내게 특별하고도 오랜 친구예요. 그리고 우린 여러모로 참 닮았죠. 서로에게 신세 진 일이 너무 많아 어떻게 다 갚을지 모를 정도예요. 또 내가 그냥 기다리라고 했는데 그 개자식이 날 저버리고 갔어요."

"예상하지 못했던 건가요?"

레일라가 고개를 저었다.

"완벽한 사람은 없다고요. 리브스가 방금 말했잖아요. 그런데 레드하고는 무슨 관계죠?"

"우리 아버지인 것 같아요."

레일라는 랜디와 만난 후 처음으로 미동도 하지 않고 랜디를 바라봤다. 그러더니 입술을 깨물었다.

"눈뜬장님이 따로 없네." 레일라가 간신히 말문을 열었다. "따로 없어……. 어디서 태어났어요?"

"20C, 오하이오주 클리블랜드요."

"그래서 레드가 거길 갔구나……." 레일라가 시선을 돌렸다. "재밌네요. 점심 식사가 오는 것 같아요. 지금."

웨이터가 쟁반을 들고 식당으로 들어왔다.

"저와 같이 있던 토바라는 사람한테 무슨 문제가 있었던 거예요?" 점심을 들면서 랜디가 물었다.

"그자는 블랙 버드와 관련 있는 사람이에요." 레일라는 입에 음식을 가득 넣은 채 말했다.

"블랙 버드가 뭔데요? 아까도 똑같은 말을 하던데."

"레드는 블랙 데케이드의 목표물이 돼 있어요. 내가 레드의 암살자들을 그런 식으로 미리 보는 거죠."

"블랙 데케이드?" 리브스가 물었다. "레드가 뭘 어쨌는데요?"

"레드가 그만 원한을 사고 말았어. 레드는 적이 채드윅이라고 생각해."

"세상에! 채드윅은 아주 비열하잖아요."

"레드도 마찬가지거든. 너도 알잖아?"

"그래도 설마 했는데……."

"누군가 레드를 죽이려고 하나요?" 랜디가 대화 도중에 끼어들었다.

"네." 레일라가 말했다. "막대한 부를 누리는 사람이요. 이번 일로 여기저기에서 돈을 엄청 걸 거예요. 배당률이 얼마나 될까? 어느 한쪽이든 돈을 걸어볼 만하겠어요."

"레드가 지는 쪽에 걸 건가요?"

"배당률과 여러 상황에 따라 다르죠. 아, 물론 난 레드를 도울 거예요. 하지만 좋은 걸 놓치기도 싫거든요."

"내기에서는 당신의 재능이 특히 더 유리하지 않나요?"

"당연하죠. 게다가 난 돈이 너무 좋아요. 이제 두 번째인데 돈을 걸 시간이 없다니 안타깝네요. 레드가 경고를 받았으니 레드에게 돈을 걸 건데."

"당신이 말하는 그 사람이 우리 아버지일 수도 있는데요."

"레드를 오래전부터 알고 지냈어요. 레드가 나라도 내기할 걸요. 큰돈을 벌어들일 거예요."

랜디는 머리를 흔들며 음식에 집중했다.

"당신들은 이상한 사람들이에요." 잠시 후, 랜디가 말했다.

"다른 사람들보다 조금 더 개방적인 거죠. 난 누구 때문이든 내 태도를 결정하는 데 꼬박 사흘이나 걸리는 여자가 아니에요. 난 줄곧 레드 편이에요. 웨이터! 담배 한 갑 갖다줘요. 좋은 걸로."

"블랙 데케이드라는 것 말이에요……." 랜디가 말했다. "거기서 레드를 어떻게 구해내죠?"

"레드가 끝까지 버티는 수밖에는 없어요. 그러면 게임이 끝나죠."

"채드윅이란 녀석이 게임을 지속하거나 다시 시작하는 걸 막는 방법은 뭔가요?"

"규칙이 있어요. 게임에 참가하는 사람은 모두 규칙을 따라야 해요. 그렇지 않으면 게임위원회로부터 자격을 박탈당해 이후로는 게임에 참가할 수 없게 돼요. 그럼 그 사람의 신용은 땅에 떨어지는 거죠."

"그것만으로 채드윅을 제지할 수 있을 거라고 생각하나요?"

"절대 아니죠!" 리브스가 말을 끊고 끼어들었다. "게임위원회는 25C의 이빨 빠진 호랑이일 뿐이에요. 늙어빠진 사디스트들이 모여 살아생전에 게임을 합법화해 둔 거죠. 로드에서 늘상 일어나는 피의 복수를 지켜보기 위해서요. 그 방법이 안 먹히면 채드윅은 무슨 수를 써서라도 레드를 제거하려고 들 거예요. 이걸 게임으로만 얘기하는 건 어리석다고요!"

"레일라, 사실이에요?"

"뭐, 사실이긴 해요. 게임위원회가 없으면 내기 상황이 엉망진창이 될 거라는 사실을 리브스가 빼놓긴 했지만요. 그것도 중요하거든요. 배경에 대해서도 설명이 필요할 것 같아서 얘기한 거예요."

"채드윅이 부정행위를 저지를 것 같나요?"

"아마도요."

"그럼 레드가 헤쳐나갈 수 있게 우리가 도울 일은요?"

"레드도 부정행위를 하도록 우리가 도와야죠. 어떻게 하면 좋을지 아직은 잘 모르겠지만. 우선 그를 쫓아가야죠. 그만 먹고 나가죠."

레일라가 더플백을 가지러 자리를 떴을 때, 랜디는 리브스에게 물었다.

"레일라를 얼마나 알고 있어? 그녀를 어디까지 믿을 수 있을까?"

"레드가 레일라를 신뢰했던 건 알아요. 그들 사이에 강한 유대감이 있거든요. 우리도 그녀를 믿어야겠죠."

"다행이네." 랜디가 말했다. "나도 그러고 싶었거든. 하지만 앞으로 우린 어떻게 될까."

몇 분 후, 레일라는 더플백을 어깨에 메고 담배를 입에 문 채 돌아와 씨익 웃더니 출입문 쪽으로 고갯짓을 했다.

"계산 다 끝내고 체크아웃 했어요. 담배 한 대 피우고 출발합시다."

랜디는 고개를 끄덕이고 리브스를 챙겨 레일라가 억지로 손에 쥐어준 싸구려 담뱃갑을 뜯으며 뒤를 따랐다.

"플라워스?"

"네, 레드?"

"운전 고마워."

"그게 다예요?"

"아니. 어떻게 안 거야?"

"당신은 누구를 그저 칭찬만 하거나 고마워만 한 적 없어요. 항상 본론 뒤에 덧붙이거나 그 전에 하죠."

"그래? 난 전혀 몰랐는데. 네 말이 맞는 것 같아. 그래, 넌 네 지금 모습이 지겹지 않아? 새로운 아바타로 바뀌고 싶거나, 좀 더 복잡한 컴퓨터 시스템의 일부가 되고 싶은 생각은? 아니면 유기적 경로를 통해 몸 안에서 의식의 매트릭스가 되는 건 어때?"

"생각해 본 적은 있죠 뭐."

"네가 충실히 일해줬고 여러모로 고마워서 너한테 보답하고 싶어. 원하는 걸 정하고 나면 다음 정비소에 차를 세워. 네가 해당 기관으로 옮겨가도록 널 거기에 둘 테니까. 모든 비용은 내 계좌에서 빠져나가도록 해놓을게."

"잠깐만요. 당신은 언제나 구두쇠였잖아요. 이건 전혀 당신답지 않아요. 무슨 일이에요? 당신을 속속들이 안다고 생각했는데. 내가 뭘 놓친 거죠?"

"마누라 여섯 명보다도 더 의심이 많군. 진심 어린 제안이었는데……."

"집어치워요! 왜 날 없애려는 거죠?"

"나는……."

"내가 여섯 명의 아내보다 당신을 더 잘 알아요. 그러니 말 같지도 않은 소리 그만해요. 핵심만 얘기해요. 무슨 일 있어요?"

"앞으로 당분간은 네 도움이 필요 없을 것 같아서 그래. 넌 열심히, 충실하게 일해줬잖아. 최소한 이렇게라도 보상해야지."

"곧 은퇴하거나 죽을 사람처럼 말하네요. 어느 쪽이죠?"

"둘 다 아니야. 둘 다인가. 잘 모르겠어……. 일단 지금의 상태를 바꿔볼 생각이긴 하지만, 그 때문에 너한테 손해를 끼치고 싶지 않아."

"날 무슨 휴대용 계산기쯤으로 생각하는 거예요? 결국 당신, 나한텐 호기심 따위 없다고 생각하고 바보 취급하는 거잖아요. 자초지종을 전부 알기 전까진 날 없앨 수 없으니 그렇게 알아요."

"흠."

"…… 그리고 동의 없이 나를 새로운 분야로 보낼 생각이라면 이 차를 감옥으로 만들어버릴 테니 명심해요."

"내가 졌다, 졌어. 얘기 안 하고 넘어가려고 했는데 아무래도 설명이 필요하겠군. 좋아. 꿈이란 게 뭔지 넌 이해하기 어렵겠지만, 특히 날 항상 따라다니는 그 이상한 꿈은……."

"난 이론에 강해요. 계속하세요."

"내가 가장 자주 꾸는 꿈은 언제나 하늘을 미끄러지듯 나는 꿈이야. 따뜻한 기류를 타고 풍요롭고 다채로운 풍경 위를, 가끔은 바다 위를 움직이지 않고 나는 꿈을 꿔. 저 아래 만물의 비밀스러운 속마음을 들여다보며 영원히 하늘을 날 수 있을 듯한 기분이 들지. 그럴 때는 마음의 평안과 냉소가 뒤섞인 기쁨, 그리고 딱히 뭐라 이름 붙일 수 없는 이상한 감정들이 생겨나. 낮과 밤이 별다른 구분 없이 흘러가는 것 같

아. 존재한다는 것만으로도 엄청난 기쁨이 느껴지고, 하지만 지금 이 순간에 여기서 이해하기는 힘들어. 내 안에 끔찍한 힘도 느껴져. 나 같은 게으름뱅이는 도저히 다 못 쓸 것 같은 그런 힘. 하늘을 떠돌며……."

"머릿속으로 멋진 휴가를 다녀왔나 보군요. 좋으시겠어요."

"그 이상이야. 꿈을 꿀 때마다 다른 일이 벌어지지."

"예를 들면요?"

"아까 내가 다양한 장소 위를 난다고 했잖아. 전쟁 지역, 대도시, 전쟁이 발발한 대도시, 황무지, 폭발한 화산, 바다에 떠가는 배, 작은 마을, 자연적인 거라고는 눈곱만큼도 없는 현기증 날 듯한 도시경관 등. 바빌론, 아테네, 로마, 카르타고, 뉴욕 등 대부분 내가 아는 지역으로, 여러 시대에 걸쳐 있어. 그래도 여전히 내가 모르는 낯선 곳이 많지. 나는 날개를 움직이기 시작해. 로드 위를 높이 날아올라. 로드는 장난감이야. 지도 위 표식 같은 척도라고 할까. 우리가 로드를 거기 뒀어. 로드의 존재를 알아차린 일부 무리들이 개연성에 연연하며 앞다퉈 로드를 이동하는 걸 보면 기분이 묘해. 나도 잘 모르지만……."

"'우리'라뇨, 레드? 우리가 누군데요?"

"우리가 사용하는 말로 표현하자면 벨크니스의 드래곤이

라고 하는 게 가장 적절한 것 같아. 조금 전에 기억났어. 그리고……."

"꿈에서 당신은 드래곤인가요?"

"그 감정과 모습을 표현하자면 그렇게밖에는 말할 수 없을 것 같은데. 딱 들어맞진 않지만."

"종잡을 수 없는 얘기였지만 흥미로웠어요, 레드. 그런데 이 모든 게 당신이 현재 겪는 문제나 나를 버리기로 한 결정과 대체 무슨 상관이 있죠?"

"그건 단순한 꿈이 아니야. 현실이라고. 최근에서야 깨달았는데, 목숨을 위협받을 때마다 기억이 생생하게 돌아오는 것 같아. 아무래도 나한테 어떤 변용이 일어나려는 것 같아."

"현실이라고요? 인간인 당신이 드래곤이 된 꿈을 꾸는 게 아니라 그 반대라는 말이에요?"

"그런 것 같아. 아니면 둘 다거나. 아니면 둘 다 아니거나. 나도 모르겠어. 하지만 현실인 건 맞아. 점점 기억이 확실해지고 있으니까. 지금처럼 현실적이야."

"그 벨크니스의 드래곤들이, 그들이, 그러니까 당신이, 아무튼 그 누군가가, 로드를 만들었다고 생각해요?"

"정확히 드래곤들이 로드를 만든 건 아니야. 책의 색인을 만들 듯이 로드를 구성하거나 엮었다고 할까."

"그러면 우리는 추상적인 개념 위를 달리고 있는 거예요? 아니면 꿈 위를?"

"네가 뭐라고 부르는 게 맞는지 모르겠다."

"레드, 역시 내가 당신 곁에 있어야겠어요. 당신이 정신 차릴 때까지."

"그래서 내가 최대한 네게 말하지 않으려고 했던 거야. 이런 반응일 게 불 보듯 뻔했으니까. 실제로 버젓이 존재하지만 내 눈에만 잠깐씩 비치는 또 다른 현실을 다른 사람에게 납득시키지는 못해. 하지만 난 확실히 멀쩡하다고."

"'최대한'이라고 했죠? 그럼 할 말이 더 있다는 거네요. 게다가 난 아직도 날 없애버리려는 이유를 모르겠다고요. 속시원히 말해봐요."

"내가 이래서 피하려고 했는……."

트럭이 크게 삐걱거리는 소리를 냈다. 레드 오른쪽 좌석이 휘어지더니 레드 쪽으로 접혔다. 운전대가 길게 늘어나더니 기묘하게 생긴 검은 꽃처럼 레드를 향해 뒤엉켰다. 트럭 지붕이 레드의 머리 위로 내려앉았다. 조수석 서랍에서 동물의 발톱 같은 것이 달린 팔이 레드를 향해 쭉 뻗어 나왔다. 밖에서는 트럭 짐칸 위의 그림자가 바닷물에 흔들리는 해초처럼 몸을 뒤틀었다.

“나를 납득시키지 않으면 당신이 신체적, 정신적으로 정밀검사를 받을 수 있도록 가까운 인간 정비소로 데려가겠어요.”

“그것도 피하고 싶은데. 무슨 말인지 잘 알겠어. 알았어. 진정 좀 해. 납득이 가도록 해줄 테니까.”

팔이 서랍 안으로 쑥 들어가더니, 잠시 후 불이 붙은 담배를 들고 다시 레드를 향해 길게 뻗었다. 운전대는 평범한 형태로 돌아갔고, 지붕도 올라갔으며 오른쪽 좌석도 제자리를 찾았다.

“고마워.” 레드가 담배를 받아 들고 뻐끔뻐끔 피웠다.

느닷없이 플라워스가 시를 읊었다.

“모두 요약된 정신은
우리가 그것을 천천히 불어
몇 개의 연기 고리로 만들지만 그것이
또 다른 고리 속으로 사라져 갈 때

한 대의 여송연인지 무엇인지를 증명한다
그것은 박식한 듯이 타고 있다
재가 그 빛나는 입맞춤의 불에서

조금이라도 분리된다면

마찬가지로 서정시 시인 합창단은
곧 입술에 달라붙는다
네가 시를 시작하면 현실은 천하니
거기서 배제하라

너무 정확한 뜻은
너의 애매한 문학을 말살하는 것이다.*"

레드가 껄껄 웃음을 터트렸다.

"적절한 인용이네. 하지만 넌 말라르메가 아니라 보들레르로 프로그램이 설정돼 있는 줄 알았는데."

"난 데카당**으로 프로그램 돼 있어요. 그 이유를 알기 시작했어요. 당신은 뭘 하든 형편없는 곳만 찾아다니더군요."

"그걸 그렇게 의식해서 보지는 않았어. 네 말도 맞는 것

---

* 말라르메의 시 「모두 요약된 정신은(Toute l'âme résumée)」

** 19세기 말 프랑스를 중심으로 한 향락적이고 퇴폐적인 문학과 이를 추구한 시인들.

같아."

"요점은 이 시에 있어요. 담배 한 대 피우고 현실 따윈 잊어라."

"…… 너의 깊이는 놀라울 따름이야."

"알랑방귀 뀌지 마요. 내가 어째서 당신을 떠나야 하죠?"

"간단히 말하자면, 난 너처럼 지각 있는 존재가 좋아. 난 널 보호하려는 거야."

"주먹질이라면 내가 당신보다 낫죠."

"단지 위험에 관한 문제가 아니야. 거의 확실히 네가 파멸되는 문제……."

"다시 한번 말하지만……."

"자꾸 말 끊으면 네가 원하는 정보를 얻지 못할 텐데."

"그러지 않았어도 마찬가지였거든요."

"나도 몰라. 이게 꿈인지 그게 꿈인지 모르겠어. 그게 중요한 게 아니야. 난 내가 꿈속의 다른 사람이라는 걸 알아. 노인일 때 함께 지냈던 여자는 내가 오늘에서야 확실히 깨달은 개념을 이미 알았던 거야. 나 같은 피로 태어난 사람들은 로드로 나와야 점점 젊어지면서 비로소 성숙해져. 나이를 먹으면서 성숙해지는 게 아니라 그 반대지. 우린 보통의 사람들과는 반대로 괴팍하고 뒤틀린 늙은이로 태어나기 때문에 성숙한 자신의 젊음을 이런 식으로 발견하는 거야. 사실 이게 로드의 존재 이유일지 모르지. 난 로드 위를 달리는 모든 사람이 우리 같은 피를 가진 게 아닌지 의심이 들어. 사실 여부는 모르지만."

"추측은 나중을 위해 아껴 두자고요. 알겠죠?"

"그래. 레일라는 갈수록 더 자기 파괴적으로 변했고 함께 행동하는 게 위험할 만큼 정도가 심해졌지. 하지만 서로의 경로는 이상하리만큼 계속 교차했어. 그런 변화는 나보다 레일라에게서 먼저 시작됐지. 나는 나중에 나한테서 똑같은 경향을 발견하고는 어떻게든 억누르려고 했거든. 레일라는 항상 나보다 더 예민했고……."

"잠깐. 레일라는 16C로 돌아갔을 때 있던, 불을 질렀던 그 여자잖아요. 그러니까 노인이었을 때 함께 지냈다던 그 여자가 그 여자란 말예요?"

"맞아. 확실한 증거가 있어. 언제 다시 레일라를 만나게 되면 알게 되겠지만. 먼저 우리는 처음에는 함께, 그 뒤엔 따로따로 원래 왔었던 장소로 돌아가는 길을 찾았어. 하지만 운이 나빴지. 그리고 어느 날 나는 길을 잃어버린 이유가, 로드 그 자체가 처음 기억과 달리 변하고 있기 때문이라고 결론 내렸어. 그래서 로드의 형태를 내 기억에 있는 그대로 되돌리는 작업에 착수한 거야. 모든 게 제자리로 돌아오면 잃어버린 루트를 찾을 수 있을 거란 희망을 품고. 하지만 세상은 상대하기에 너무 골치 아프고 힘들어. 이것저것 만지작대면서 시간이나 보내고, 노인이었던 때로 돌아가 예전처럼 행동할 수 없다는 걸 깨달았어. 사실 며칠 전에 이걸 깨닫기 시작한 것 같아. 하지만 어떻게 해야 할지 방법을 못 찾아서 계속했을 뿐이야. 그러는 사이 채드윅이 나를 상대로 블랙 데케이드를 선언했고, 그제야 퍼즐 조각이 서서히 맞춰지기 시작한 거지."

"내가 방법을 한번 찾아볼까요?"

"아니야."

레드는 담배를 한 모금 빨고 창밖을 바라봤다. 자그마한 검은색 차량이 옆을 휙 지나갔다. 앞에서 점점 작아지는 차량을 가만히 바라보며 레드는 말을 계속했다.

"목숨을 위협받으면 발작 증세가 빈번해지고 꿈도 더 강렬해졌지. 어떤 꿈이 진실인지 점차 분명하게 알게 됐어. 그러다가 어느 날 갑자기 이러한 위협이 원인임을 깨달았어. 과거를 돌아보니 난 평생 위험에 비슷한 반응을 보여왔더군. 아까 공격을 받기 전에 야영하면서 깜빡 졸고 있었을 때, 문득 채드윅이 피의 복수로 뜻하지 않게 나에게 호의를 베푼다는 생각이 들었어. 그리고 아까 도망칠 때, 이게 우연이 아니라면? 무심결에 그가 나를 돕는 거라면? 이라는 생각이 들더라고. 우리가 같은 종족이고 앞으로 무슨 일이 일어날지를 왠지 채드윅은 알 것 같은……."

레드가 말끝을 흐렸다.

"요전에 일으킨 발작 때문에 정말 정신이 좀 어떻게 된 것 같네요, 레드. 말도 안 되는 소리예요. 뭘 빠뜨리고 말한 게 아니라면요."

"음, 난 친구도 많고 무슨 일이 벌어지고 있는지 이미 소문이 쫙 퍼졌어. 누군가 날 돕는다고 채드윅을 제거하려 들지 몰라. 난 그런 사태를 막고 싶거든. 지금은 그게 이번 여행의 목적이야."

"흠. 주의를 딴 데로 돌리려고 수작을 부리는군요. 내가 그 정신 나간 논리를 믿는다면 자신을 죽이려는 자의 목숨을 구하려는 그 뜬금없는 욕구를 이해할 수도 있겠죠. 하지만 난 그러고 싶진 않아요. 일부러 정신 사납게 하지 마요. 나한테 뭔가 말 안 한 게 있네요. 내가 점점 근접해 가던 뭔가가 있는 것 같은데요. 어서 털어놔요!"

"플라워스, 넌 나와 너무 오랫동안 함께했구나. 너 같은 기계장치가 하나 더 있었는데, 나처럼 생각이 너무 많아지길래 사실 그녀를 버리고 떠나야 했거든."

"명심할게요. 무슨 일이 있어도 내가 먼저 당신을 떠나 드리죠. 하지만 그동안은……."

"사실 난 그녀가 이성을 잃기 시작했다고 생각했어. 이제 보니 그녀가 훨씬 지각이 있었던 게 아닌지……."

"나처럼 메모리 코어가 있는 누군가를 교란시키려고 해봤자 안 되거든요! 뭘 숨기는 거죠?"

"숨기는 것 없어. 정말이야. 난 돌아가는 길을 찾고 있어. 기억이 더욱 선명해지는 그 존재에 다다르는 길 말이야. 너도 알잖아. 여태껏 해온 일인 거. 나는 지금…… 이게 네가 원하는 답인지는 모르겠지만…… 머지않아 그 길을 찾을 거라는 예감이 들어."

"아하! 드디어 실토하시네. 그럴 줄 알았어요. 나머지 얘기도 들려줘요. 그렇게 되면 어떻게 되죠?"

"글쎄, 다른 존재가 재개하기 전에 지금의 존재가, 음, 끝나야겠지."

"당신이 그럴 거라는 걸 줄곧 느끼긴 했어요. 죽음에 대한 동경을 정당화하는 방법으로는 지금까지 내가 들어본 것 중 가장 기괴하네요. 내 데카당트 프로그램은 완벽하거든요. 덧붙이고 싶은 말 없어요? 어떤 방법으로 할지 정했나요?"

"아니, 그런 게 아니야. 네가 의미하는 그런 거랑은 다른 거야. 나는 내가 자살 충동을 느끼거나 심지어 사고당하기 쉬운 사람이라고 생각해 본 적 없어. 이건 예감 그 이상이야. 그래, 이게 가장 정확한 표현 같네. 그건 꼭 일어나야 하는 거고. 흔한 장소나 시간, 수단이 아닌 것 같아. 변용이 일어나기 위해서는 반드시 그에 걸맞은 제대로 된 방법과 장소가 있을 거야."

"그 시간과 장소와 방법을 알고 있나요?"

"아니."

"뭐, 어쨌든 굉장하네요. 아마도 곧 예감이 바뀔 테죠."

"그럴 것 같지 않은데."

"뭐라도 말해줘서 고마워요. 자, 이제 마지막으로 당신 질문에 답할게요. 절대, 당신을 떠나지 않을 거예요."

"하지만 변용이 일어날 때 네가 다칠지도 몰라. 파멸할 수 있다고."

"인생은 불확실해요. 운에 맡겨볼게요. 내가 당신을 떠나면 몬다메이도 날 절대 용서하지 않을걸요."

"이해는 한 거야?"

"그럼요."

"재밌네……."

“지금 호기심의 대상은 당신이라고요. 난 주로 사실과 논리에 근거해서 결정을 내리잖아요.”

“알아. 하지만…….”

“그놈의 ‘하지만’ 소리 좀 그만해요! 내가 합리적으로 말하는 동안 잠깐 입 닥치고 있어요. 초퍼*를 통해 들어오는 사실이라곤 하나도 없잖아요. 나한테 얘기한 건 모조리 주관적이고 초자연적이기만 해요. 상황에 따라서는 과학적으로 설명할 수 없는 초자연적 현상을 기꺼이 인정해 줄 의향이 있어요. 검증할 방법은 없지만요. 내가 근거로 삼을 거라곤 이제껏 서로 운송업자로서, 그리고 가끔 시간 참견쟁이로서 이상한 관계를 맺어오면서 당신에 관해 모아온 지식이 다예요. 자신이 지금 뭘 하고 있는지 당신이 안다고 믿고 싶어요. 아울러 당신이 실수를 저지르는 건 아닌지 두려운 내 마음도 알아주길 바라요.”

“그래서?”

“당신을 말렸는데 나중에 알고 보니 당신이 옳았고 내가 틀렸다면, 그래서 당신에게 아주 중요한 걸 못 하게 막은 셈이 된 거라면, 그러면 너무 끔찍할 것 같아요. 당신을 제대로

---

* 전류를 규칙적으로 단속하고 증폭하기 쉽게 변환하는 장치.

보좌하지 못한 느낌이 들어서요. 그러니 아직 완전히 받아들일 수는 없다고 해도 끝까지 함께 가서 당신이 뭘 하든 도와야겠어요."

"그렇게까지 해주지 않아도 돼."

"알아요. 내가 더럽게 친절해서 그렇죠 뭐. 또 하나 일러두자면, 당신이 멍청한 짓을 하는 것 같으면 브레이크를 콱 밟아버리겠다는 거예요."

"괜찮은 생각이야."

"그거면 될 것 같아요."

레드가 담배 연기를 훅 내뿜었다.

"그런 것 같네."

레드 안에서 수 킬로미터가 수년처럼 째깍째깍 흘렀다.

느닷없이, 사드 후작이 펜을 내던지고 책상에서 벌떡 일어났는데 눈에서 이상한 빛이 비쳤다. 글쓰기 연구실에서 원고를 모두 한데 모아 묶어 들고 발코니로 비틀비틀 걸어갔다. 도시의 반짝이는 건물들과 공원이 내려다보이는 건물 삼층에서 클립과 스테이플을 뽑아내며 원고를 한 장씩 한 장씩 발코니 밖으로 멀리 던졌다. 더럽고 거대한 눈송이가 비스듬히 내리쬐는 오후의 햇살 속에서 풀풀 날렸다.

후작은 덩실덩실 춤을 추며 마지막 원고가 날아갈 때는 손가락에 입을 맞추고 손을 흔들어 댔다. 육 세기에 걸친 작가 지망생들의 꿈이 그렇게 날아갔다.

"Bon jour, au revoir, adieu(안녕, 또 보자, 잘 가)." 후작은 이렇게 말하고는 돌아서서 나오며 미소를 지었다.

책상으로 다시 돌아와 펜을 들고 이렇게 썼다.

"후임자를 생각해 자네의 그 시시한 원고들은 모두 처분했네. 자네들 중에 그 누구도 재능 따윈 없어."

그리고 서명했다. 후작은 밖으로 나가는 길에 압정으로 연구실 문에 고정하려고 종이를 접었다.

그러고 나서 두 번째 종이를 집어 들고 이렇게 썼다.

"마치 내가 유독 끔찍한 방식으로 당신의 환대와 아량에 보답하는 걸로 보일 테지. 나는 당신을 제거함으로써 당신의 철천지원수를 돕겠다고 결심했어. 덧붙여 말하자면, 특별히 섬뜩한 방법으로 당신을 죽일 작정이야. 내 정의감이 격하게 북받쳐 올라 더 높은 목적을 위해 이러는 거라고 생각하는 사람도 있겠지만, 잘못짚은 거야."

종이에 서명한 후, 추신을 덧붙였다. "당신이 이 글을 읽을 때쯤이면 당신은 숨이 끊어져 있을 거야."

후작은 껄껄 웃고는 종이를 해골 모양 문진으로 누르고 자리에서 일어나 문을 아주 약간 열어둔 채 연구실을 나왔다.

승강용 튜브로 아래로 내려온 후작은 원고 거절 통지서를 부친 후 짧은 복도를 따라 건물 옆문으로 걸어갔다. 그사이에 마주친 사람은 아무도 없었다. 건물 밖으로 나와 따스한 바람에 몸서리치며 햇살에 눈을 찡그렸고, 근처 공원에서 들려오는 녹음된 건지 실제인지 모를 새소리에 얼굴을 잔뜩 찌푸렸다. 하지만 무빙워크에 올라 환승 지점을 향해 북쪽으로 가면서 빙그레 웃었다. 그럼에도 영광스러운 날이 될 터였다.

서쪽 방면 무빙워크로 갈아타고 갈 무렵, 후작은 콧노래를 흥얼거리고 있었다. 바깥에 사람이 몇 명 있기는 했지만 근처에는 아무도 없었다. 목적지가 이미 명확히 보였지만, 후작은 고속 무빙워크로 옮겨가 얼마간은 사실상 무빙워크를 따라 걸어가다가 다시 저속 무빙워크로 되돌아와 목적지 건물 앞 지하도에 도착하자 내렸다. 거리와 방향을 확실히 알았다면 지하 무빙워크에서 이 지점까지 어렵지 않게 도착했을 것이라고 후작은 생각했다. 하지만 그렇지 못했으므로 후작은 랜드마크가 필요했다.

후작은 거대한 건물로 들어가 기억을 더듬으며 목적지 방향으로 계속 걸어갔다. 흰색 작업복을 입은 기술자 두 명을 스쳐 지나면서 후작은 고갯짓으로 인사를 했다. 그들도 고개를 끄떡해 보였다.

후작은 큰 홀을 발견하고 안으로 들어갔다. 홀 중앙을 바라보고 놓인 작업대에서 선닥이 장비 위로 몸을 숙이고 있었다. 선닥은 혼자였다.

후작이 거리를 좁히며 다가오자, 선닥이 고개를 들어 쳐다보았다.

"아, 오셨습니까? 사드 후작님." 선닥은 재킷에 손을 쓱 닦으면서 허리를 폈다.

"알폰스라고 불러도 됩니다."

"그러죠. 다음에 다시 뵈면 그럴게요."

"그래요. 채드윅이 내게 짜준 비참할 정도로 빡빡한 일정에서 잠시 도망쳐 나왔어요. 오, 이런!"

"왜 그래요?"

"당신 뒤에 있는 장비에서 자성유체*가 새고 있어요!"

"뭐라고요? 그런 것 없는……."

선닥은 왼쪽으로 몸을 돌려 후작이 가리키는 장치를 살펴보기 위해 허리를 굽혔다. 그 순간 선닥은 장비 위로 맥없이 쓰러졌다.

후작은 발가락 부위에 비누를 넣고 매듭을 묶은 스타킹을 오른손에 들고 있었다. 이것을 자신의 재킷 주머니에 도로 찔러 넣고는 선닥을 바닥에 끌어내려 반듯하게 눕혔다. 그러고는 벽 근처 기계를 덮어둔 방수포로 선닥을 덮었다.

조용히 휘파람을 불면서 후작은 홀 중앙 구덩이의 리프트

---

* 강한 자성을 가진 액체.

를 제어하는 조종대로 걸음을 옮겼다. 얼마 후 기계에서 한숨 소리 같은 낮은 잡음이 들렸다. 헬멧을 움켜잡고 가장자리로 가서 아래를 내려다보았다.

"요한 계시록에 나오는 경이로운 짐승과 정말 똑 닮았군." 후작이 혼잣말을 하자, 화들짝 놀란 티라노사우루스가 우렁찬 소리를 내지르며 먹던 소의 사체를 바닥에 떨어뜨리고 쿵쾅쿵쾅 둔탁한 소리를 내며 날뛰기 시작했다. "너와 빨리 함께하고 싶구나, 사랑스러운 것. 하지만 조금만 더……."

"이봐! 무슨 일이오?"

오던 길에 마주쳤던 기술자 두 명이 지금 막 홀에 들어온 참이었다.

"되돌려! 되돌리라고!" 그들 중 하나가 비명을 지르며 작업대 근처 장치 쪽으로 달리기 시작했다.

후작은 헬멧을 들어 자신의 머리에 썼다. 순간적으로 기분 좋은 혼미함이 후작을 덮쳤다. 눈을 감았다.

…… 사방으로 벽이 무너지고 있었다. 헬멧을 쓴 아주 작은 자신의 모습이 보였다. 흰색 코트를 입은 사람이 조종대로 달려들었고, 또 다른 사람이 곧바로 뒤를 따르는 모습이 보였다.

"그러지 마!" 후작이 말을 하려고 했다.

하지만 버튼이 눌린 듯 갑자기 벽이 움직임을 멈췄다. 후작은 펄쩍 뛰었다. 세상에! 이 위대한 힘! 난간이 우르르 무너졌다. 후작은 구덩이 가장자리에서 휘청대다가 앞으로 걸어갔다. 조종대와 두 기술자가 발밑으로 사라졌다. 후작은 고함을 질렀다…….

"고개를 숙여라. 내가 탈 수 있게."

후작은 어설픈 자세로 거대한 짐승의 목에 올라앉았다.

"이제부터 산책을 나가자. 네가 오늘 손님으로 나온 예술가이니라."

홀 출입구가 너무 작았지만 아주 잠깐일 뿐이었다.

후작이 무빙워크를 따라 걸으면서 상가로 향하자 여기저기서 비명이 터져 나왔다. 서행하던 차량이 멈춰 서더니 알록달록 차려입은 승객들을 하차시켰고 모두가 줄행랑을 쳤다. 산들바람도, 햇살도, 새소리도 이제는 성가시게 느껴지지 않았다. 사실, 거의 의식하지도 못했다. 후작은 그 차량을 뒤집어 버리고는 큰 소리로 노래를 불렀다. 채드윅이 있는 본관 건물이 바로 앞에 있었다. 이 시간쯤이면 채드윅은 아르부르* 방에 있을 터였다…….

---

* 조리스 카를 위스망스의 소설 『À rebours(거꾸로)』. 19세기 후반 데카당스 문학을 대표하는 작품으로, 몰락해 가는 귀족 가문 후예가 자기만의 탐미적인

휘청이며 한 발 한 발 내디딜 때마다 후작은 감정이 북받쳐 올랐다. 공포를 흩뿌리며 상가를 나와 공원으로 걸음을 옮겼다. 체를 스치고 지나가는 바람처럼 후작은 우아하게 가꿔놓은 나무들, 관목들, 화단을 그대로 밟고 지나갔다. 후작의 등 뒤에서 풀과 나무 홀로그램이 맺혀 가상의 산들바람에 바스락거리는 소리를 냈다. 허구의 튤립 아래 숨어 있던 커플이 막 오르가슴을 느끼려는 순간 압사당했다. 후작이 지나갈 때 진짜 벤치가 쪼개지고 쓰레기통은 찌그러졌다. 후작이 고래고래 고함을 질러대며 부르는 노랫소리에 다른 모든 소리가 파묻혔다.

목적지에서 가장 가까운 공원에 도착했을 때, 후작은 검은색 소형 자동차가 속도를 줄이며 다가오는 걸 보고 그 차를 박살내려고 했다. 어쩐지 그 차는 후작이 그때까지 미처 눈치채지 못한 파란 픽업트럭 옆에 차를 대려는 듯했다. 하지만 검은 차는 방향을 틀어 잽싸게 도로를 내달리며 사라졌다.

후작은 계속 앞으로 걸어가 건물 입구 오른쪽을 지나 모서리를 돌았지만 트럭에 붙어 있던 것과 같은 그림자가 그의

인공낙원을 구축하려다가 실패한다는 내용.

등 뒤에 스치는 것은 알지 못했다.

고함 소리를 멈추고 창문을 세면서 목적지 방이 벽의 어디쯤일지를 찾았다. 몰래 다가가서 숨을 헐떡이고 낄낄거리느라 건물 앞에 더 많은 차량이 몰려드는 소리를 듣지 못했다. 들었다고 해도 전혀 중요하지 않았을 것이다.

기쁨이 다시 확 솟구쳐 오르자, 후작은 건물 벽을 쳤다. 건물 외벽이 산산조각 났고, 세 번째에는 모로코가죽으로 두른 벽을 쳐부수고 나아갔다. 천장이 갈라지며 그의 주변으로 무너져 내릴 때, 후작은 채드윅과 스핑크스 앞 벽난로 옆에 서서 기다란 혓바닥 같은 종이를 보고 있는 다른 남자에게로 다가갔다. 공룡이 앞발로 허공을 할퀴었다. 혓바닥이 불쑥 앞으로 튀어나왔다.

"채드윅에게 죽음을!" 후작이 소리쳤다. "티라노사우루스 렉스에 의해! 사드 후작의 지시로!"

"정말." 채드윅이 담뱃재를 떨며 대답했다. "사직서를 제출하는 더 간단한 방법이 있는데요."

짐승이 움직임을 멈췄다. 꼬리 밑에 있던 그림자가 도망쳤고, 꼬리 바로 앞에는 엄청난 양의 오줌이 흥건하게 고여 있었다. 앞발이 씰룩거렸다.

"후작께서는 이미 자신을 소개하셨네요." 채드윅이 다른 남자의 어깨를 팔로 둘러 앞으로 밀치면서 자신은 뒤로 빠졌다. "예전 동업자 레드 도라킨을 만나게 해드리고 싶군요."

후작의 미소가 사라졌다. 짐승은 불안하게 자세를 바꿨다.

"모자를 벗어." 후작이 명령했다.

레드가 야구 모자를 벗으며 담배를 문 입으로 미소를 지었다.

"내기에서 대박을 터뜨린 사람들 파일에 당신 사진이 있었는데, 그 얼굴이네." 후작이 알은체하는 동안 채드윅은 몰래 빠져나와 스핑크스 이 사이로 흘러내린 종이를 잡아 뜯었다. "그런데 당신은 여기서 뭐 하는 거지? 저 사람이 당신 목숨을 노리는데?"

"뭐, 그렇죠……."

방을 가로질러 그림자가 걷힌 그 지점에서 폭발이 일어났다. 책상, 의자, 동양식 양탄자, 음료 회전판이 검은 토네이도 속으로 빨려 들어갔다. 그리고 벽과 천장의 잔해, 먹다 남은 푸짐한 점심 식사, 박제된 표범과 올빼미, 커튼 저쪽 알코브*에서 얼마 전 죽은 고양이의 유해도 함께 들어갔다. 커튼도 소용돌이치더니 토네이도 속으로 빨려 들어갔다. 세 남자는

* 벽 한쪽에 조그맣고 우묵하게 만든 공간.

흥미진진하게, 티라노사우루스는 멍청하게, 벽에 안쪽으로 설치한 냉장고의 문이 뜯겨나가고 안의 내용물이 문과 함께 빨려 들어가는 장면을 지켜보았다.

검은 토네이도 기둥은 방 안에 고정되어 있지 않은 물건을 모조리 삼켰다. 그러다가 어느 순간, 웅웅거리는 소리가 나기 시작했다. 소리가 점점 커지면서 음량도 높아졌다.

"국지적 기상현상은 아닌 것 같은데?" 레드가 물었다.

"그렇게 보기는 힘들지." 채드윅이 말했다.

토네이도 안에서 무언가가 거대한 윤곽을 드러냈다. 곧 웅웅거리는 소리가 그쳤다. 엄청난 크기의 형체가 그들 앞에서 하나의 덩어리로 합쳐지면서 거대한 양 날개를 활짝 펼쳤다. 그것은 형태가 확실해져 식별이 가능해질 때까지 움직이지 않고 그대로 있었다.

거의 티라노사우루스에 맞먹는 크기에, 파충류에 가까운 모습이었지만 고도의 양식미를 갖추고 있었다. 가슴 부근의 금부터 등에 달린 흑요석까지 동전 모양의 비늘이 다양하게 붙어 있었고, 꼬리와 거대한 양 날개 뒤쪽까지는 구릿빛에서 시작해 붉은색으로 형형색색 빛나고 있었다. 눈은 크고 황금빛을 띠었으며, 똑바로 쳐다보기가 망설여질 정도로 사랑스러웠다. 양쪽 콧구멍에서는 연기가 모락모락 피어올랐다.

드래곤이었다. 드래곤은 갑작스럽게 앞으로 이 미터 정도 걸음을 내디뎠고 목을 꿈틀꿈틀 움직였다. 목소리는 우아하고 묘하게 콧소리가 났으며, 말할 때마다 부드러운 회색 깃털이 함께 움직였다. 하지만 드래곤이 말을 건 상대는 레드도 채드윅도 아니었다.

"저 불쌍한 짐승에게 무슨 짓을 했느냐?" 드래곤이 물었다.

후작은 불안한 듯 자세를 고쳤다.

"저기, 선생, 아니 부인." 후작이 말했다. "저는 그의 신경계와 주파수 위치를 동일하게 맞춰놓고 있어서, 그가 어떤 불쾌감도 느끼지 않는다고 장담합니다. 사실은 쾌락 중추에 전극이 심어져 있는데, 원하신다면 제가 자극을 줘 그에게 최대한 기쁨을 주도록……."

"됐어!"

"프레이저? 아니 도드인가?" 레드가 물었다.

"맞아. 하지만 지금은 너하고 말할 때가 아니야. 내가 찾는 사람은 채드윅이야. 네가 나를 채드윅에게 데려왔어. 하지만 먼저……." 입에서 불길이 뿜어져 나왔다가 잦아들었다. "이 잘생긴 생명체 안에 전극을 심다니, 혐오스럽군!"

"그 말씀에 깊이 공감하는 바입니다." 후작이 말했다. "제가 한 일이 아니라서 얼마나 다행인지 모릅니다."

"너는 이 훌륭한 분을 상대로 더 악랄한 범죄를 저질렀어. 그를 장난감처럼 조종하다니!"

"장담컨대 잠시 빌렸을 뿐입니다. 제 의도는……."

채드윅이 문 쪽으로 슬그머니 뒤로 빠지면서 레드의 소매를 잡아당겼다.

"네 의도는 천벌받아 마땅하다! 그를 풀어주고 사과드려!"

"목숨을 걸고 그렇게 하겠습니다!"

"넌 이미 죽은 목숨이나 다름없어! 그를 어서 놔줘!"

채드윅이 문을 발로 빼꼼히 연 순간, 티라노사우루스가 고함을 내지르며 드래곤을 향해 돌진했지만, 드래곤은 우아하게 피했다. 채드윅이 옆걸음질 치며 문틈으로 빠져나가면서 레드를 끌고 나와 문을 잠갔다.

"저 밖에 주차해 놨지?" 채드윅이 손으로 가리키며 물었다.

"응."

"어서 가자! 저들이 지금 당장에라도 뛰어나올지 모르니."

그들이 복도를 서둘러 달려나가는데 요란한 소리가 들리고 바닥이 흔들렸다.

"이대로 즉시 이동하는 게 좋겠어. 이런 때에, 이런 규모로 직원이 불만을 토로할 줄은 몰랐네. 필요한 건 나중에 어디 들러서 사자고."

뒤편에서 펑 하는 폭발음 같은 큰 소리가 나고 순간적으로 정적이 흐르더니 시끄럽게 움직이는 소리가 다시 들렸다. 그들이 뒤를 힐끗 돌아봤더니 방금 도망쳐 나온 방 근처 벽이 무너져 내리고 있었다. 연기가 나자 공기청정기가 일제히 연기를 빨아들였다.

채드윅이 문을 박차고 뛰어나갔고 레드도 그 뒤를 바짝 따랐다. 그 순간 채드윅은 문 쪽으로 걸어오던 체구가 작은 웬 남자와 부딪혔다. 남자는 화려한 셔츠에 가벼운 킬트*를 걸치고 파란색 선글라스를 쓰고 있었다. 그 남자는 놀라울 만큼 민첩하게 다시 일어서서 왼쪽 어깨에 메고 있던 카메라 케이스로 손을 뻗었다.

"빌어먹을! 안 돼!" 채드윅이 소리쳤다.

케이스에서 카메라가 나오는 순간, 레드는 남자 옆에 와 있었다. 레드가 왼손으로 끈을 홱 잡아당기는 바람에 남자는 다시 균형을 잃었다.

"죽이면 안 돼!" 채드윅이 고함쳤다. "데케이드는 끝났어! 내가 취소장을 보냈다고!"

"이 사람요?" 레드에게 카메라를 빼앗기고 남자가 뒤로 물

---

* 스코틀랜드의 남자나 군인이 입는 체크무늬의 주름치마.

러서며 말했다. "이 사람을? 해칠 생각 없습니다. 전혀! 나도 게임이 끝난 걸로 알아요. 여기 온 이유는 오로지 당신을 죽여서 사직의 뜻을 전하기 위해서죠. 하지만 지금……."

남자가 레드 쪽으로 돌아섰다.

"여기서 뭐 하십니까?"

"일을 바로잡으러 왔는데, 이제 바로잡혔네요. 우린 만난 적이 없는 것 같은데……."

"만났습니다. 기억이 없으신 모양이군요. 티민 틴이라고 합니다. 이번 일은 드래곤에 관련된 일입니다. 종교적으로……."

건물 안에서 물건이 부서지고 뜯기는 소리와 함께 쿵쾅쿵쾅 연이은 발자국 소리가 확실히 가까워지고 있었다.

"그러면 거기 그대로 있어요." 채드윅이 말했다. "심오한 종교적 경험을 하게 될 테니까." 채드윅이 레드의 팔을 붙잡으며 말했다. "여길 어서 뜨자!"

채드윅은 어리둥절한 표정으로 문 앞에 서 있는 티민 틴을 내버려 둔 채 황급히 계단을 내려왔다. 레드는 채드윅 옆에서 비틀거리며 걷다가 파란색 픽업트럭으로 향했다. 그 옆에는 티민 틴의 검은 자동차가 엔진을 건 채로 멈춰 있었다. 그들이 다가오기 무섭게 차 문이 활짝 열렸고, 레드는 운전석으로 미끄러지듯 들어갔다. 채드윅이 레드 옆에 타자 시동이 걸렸다. 문이 쾅 닫히고 차는 후진하기 시작했다.

"로드로 가자." 레드가 말했다.

"지금까지 노사 갈등이 일어난 적은 한 번도 없었는데." 채드윅이 말했다.

"누굴 납치한 거예요?" 플라워스가 물었다.

건물의 문 부근 벽이 허물어지기 시작했다. 티민 틴이 계단을 도로 내려왔다. 트럭은 방향을 돌려 거리로 쏜살같이 내달렸다.

"이상한데도 이상하지 않다니까." 채드윅이 말했다. "타이밍도 절묘하고."

하늘에 걸린 커다란 금색 아치 아래로 로드를 질주하면서 레드는 담배에 불을 붙이고 푹 눌러쓴 모자챙 아래 검게 드리운 그림자 사이로 옆자리에 앉은 사람을 쳐다보았다. 화려한 색으로 치장한 채드윅은 굵은 손가락에 커다란 반지를 여러 개 끼고 있었고, 조금 전 차까지 달려오면서 흘린 땀을 아직도 흘렸다. 채드윅이 움직일 때마다 프로그램된 좌석이 그에 맞춰 급격하게 재조정되었다. 채드윅이 자세를 자주 바꾸는 바람에 의자는 끊임없이 형태를 바꾸었다. 채드윅은 손가락을 톡톡 두드리면서 창밖을 내다보다가 레드를 슬쩍 쳐다보았다.

레드는 활짝 웃어 보였다.

"대단한 변모군."

"나도 알아." 채드윅이 시선을 떨구며 말했다. "혐오스럽지 않나? 내가 한때 뭐였는지 생각해 보면……." 그러더니 조용히 미소 지었다. "그런 상상이 재미없었다고는 할 수 없지만."

"담배 한 대 할래?"

"그거 좋지."

채드윅은 담배를 받아 들고 불을 붙이더니 몸을 홱 돌려 레드를 노려보았다.

"그런데 자네는 더 이상 늙지 않는군. 내가 왜 자네를 싫어하는지 궁금한가?"

"그럼. 겉으로 보면 자네는 볼품없이 과체중에 요란하게 꾸몄지만, 내가 오래전에 알던 자네 그대로야. 자네 상태는 나와 아주 비슷해. 단지 자네는 표면에 드러나지 않았을 뿐이지."

채드윅이 고개를 저었다.

"무슨 소린가, 레드! 그럴 리가 없어. 내가 젊어지고 힘이 강해지고 건강해지고 있다면 나나 내 주치의가 몰랐을 것 같나?"

"과정이 어떻든 자네 경우엔 저항이 너무 강한 것 같아. 무언가 일어나려고 해도 너무 저항이 커서 그저 그 자리에 머물러 있는 거야. 살아온 세월에 비해 자네 건강은 상태가 놀랄 만큼 좋잖아. 아무리 최고의 의학적 치료를 받는다 한들, 다른 사람이라면 지금까지 살아 있지 못할 거야."

"자네 말을 믿고 싶지만, 내가 동의하는 건 내 체질이 강하다는 것뿐이야."

"…… 자네는 불을 무척 좋아하고, 부를 축적하는 데에도 일가견이……."

"제정신이 아니구만! 모든 사람이 돈과 재산을 좋아하지. 그걸로는 아무것도 증명하지 못해. 불은……." 채드윅은 담배 연기를 힘껏 빨아들였다가 훅 내뿜었다. "모두가 기벽이 있기 마련이야. 내 기억이 드문드문……."

"자네 아버지는 누구였나?"

"누가 알겠나? 내가 여관에 살았던 건 기억나네."

"로드로 들어가는 입구 부근이지."

"그게 뭘 증명하나? 내 아버지는 아마도 로드의 인간이었을 거야. 나도 어느 정도 그 기질을 물려받았을 테지. 그렇다고 아버지가 자네 같은 사람이란 뜻은 아니야……." 순간 채드윅이 입을 꾹 다물었다. 그러더니, "이런, 말도 안 돼. 자네가 내 아버지라는 말을 하려는 건 아니겠지."

"그런 말 한 적도 없고…… 생각해 본 적도 없어. 하지만……."

"이게 다 자네의 공상이야. 증거라는 게 너무 형편없잖아. 추측만 난무하고 터무니없는 전제가 너무 많다고……."

"내 말이 그 말이에요." 플라워스가 불쑥 끼어들었다. "당신이 레드를 어디 좀 가두고 치료받게 했다면 좋았을 거예요."

"맞아." 채드윅이 말했다. "요즘 자네가 생각하는 건 정확하지 못한 기억과 추측에서 비롯된 게 너무 많아."

레드가 담배를 씹으며 시선을 돌렸다.

"그래." 잠시 침묵하다 레드가 말했다. "그럴지도 모르지. 그러면 자네는 왜 데케이드를 취소하고 나와 함께 가기로 한 거지?"

채드윅이 손가락으로 대시보드를 타닥타닥 두드렸다.

"자네가 특이한 방법으로 곧 죽는다고 하니 호기심이 일었지. 또 그 말도 안 되는 소리와 정신 나간 추측을 듣고 나니……, 그것도 내 손으로 도우면서……, 그걸 스핑크스에 입력시킨 이상, 이게 우리를 어디로 데려갈지 보고 싶더라고. 또 마지막으로는…… 거기서 황급히 나와야 했으니까 뭐."

"뜬금없이 그런 생명체가 나타난 것 자네도 봤잖아."

"…… 이렇게 길고도 다채로운 경력을 쌓아왔는데, 더 이상한 것들도 봤지."

"바로 그거야. 그러면 내 말을 믿는 게 뭐가 문제지?"

“자네한테는 뒷받침할 증거가 없잖아. 설령 자네 말이 맞아도 증거가 없으면 안 믿는 게 당연하잖아. 레드, 자네가 이 지경인 줄 알았으면 절대 불화를 일으키지 않았을 거야. 그럴 가치가 없었을 테니까.”

“그만해!”

레드가 고개를 돌렸다.

“그럼 자네 스스로 의심을 좀 품고 있겠지? 그건 건강하다는 신호 같은데.”

“내가 한 말을 안 믿는 거야?”

“자네가 원인 불명의 멍청이라는 건 믿어. 그리고 자네가 파멸로 치달을 거라는 것도 믿지.”

“누가 그 종이 좀 내 스캐너에 대줄래요?” 플라워스가 말했다. “당신들이 보헤미아의 해안으로 가고 싶은지 아닌지 알아보려면 시간이 좀 걸릴 것 같아서요.”

“여기.” 채드윅이 스핑크스 입에서 잡아 뜯은 출력용지를 건네면서 말했다.

레드가 종이를 구멍에 끼우자 종이가 안으로 소화되었다.

“딱 보니,” 플라워스가 말했다. “거리가 제법 있네요.”

“어이없군.” 채드윅이 담배를 트레이 위에 올려두고 팔짱을 꼈다.

"자네가 좋든 싫든 자네는 나를 돕고 있어." 레드도 그 옆에 담배를 내려놓았다. "플라워스, 많이 멀어?"

"네."

"그러면 우리 좀 재워줘. 가는 내내 채드윅과 말하고 싶지 않으니까."

"나도 마찬가지야."

나직하게 쉬쉬하는 소리가 났다.

"당신들한테 평생 가스를 주입하고, 나는 얼마 전에 들은 얘기처럼 방황하는 네덜란드인*이 되어 해골 두 쌍을 신고 수 세기를 돌아다녀야겠어요."

"엄청 웃기네." 레드는 숨을 깊이 들이쉬며 말했다.

채드윅은 하품을 하며 말을 이어갔다.

"모든 게 다……."

---

* 항구에 정박하지 못하고 대양을 영원히 항해해야 하는 저주에 걸린 유령선 전설.

랜디는 타이어를 여섯 개 교체했다. 라디에이터, 발전기, 팬벨트가 교체된 것도 보았다. 브레이크를 새로 가는 동안 엔진 튠업도 했다. 리브스가 태평하게 모든 요금을 레드에게 달아놓았다. 조만간 청구서가 레드의 계좌와 만나게 될 것이다. 그리고 기름이 얼마나 필요할지 누가 알겠는가? 랜디는 갈피를 잡지 못했다.

그리고 그들은 계속 이야기를 나누었다…….

"어디예요?" 랜디가 또다시 물었다. "언제죠?"

"내가 보게 되면 알 거예요." 레일라가 대답했다.

"이런 속도라면 빙하시대로 돌아가겠어요."

"그렇게 멀지 않아요."

"레드가 나타날까요? 확신해요?"

"그렇긴 한데. 서두릅시다."

"그래서, 그가 지금 그토록 바란다는 죽음으로부터 그를 구하고 싶은 거예요?"

"그거라면 이미 얘기 끝났잖아요."

"…… 죽음이 어떤 변용을 일으킬 거라고 레드가 믿기 때문에요?"

"그래서 레드가 날 버린 거였어요." 리브스가 말했다. "레드가 죽음에 대한 동경을 인정하기 전에 내가 알아차렸거든요."

"그렇다면 둘 다 확실히 레드 말을 믿지 않는 거군요."

"난 내 예지력을 믿어요." 레일라가 말했다. "레드가 거기서 죽는다면 죽는 거죠. 끝."

랜디는 턱을 문지르며 머리를 흔들었다.

"그가 가장 바라는 일을 막으려고 하는 게 맞는지 모르겠어요. 그 일이 부질없어 보이든 아니든 간에. 내가 정말 원한 건 그를 만나는 것뿐인데. 확신이 서지 않……."

"당신은 이미 레드를 만났어요."

"무슨 말인지 설명해 줘야죠."

"차에 문제가 생겼던 할머니와 할아버지. 그 사람들은 우리였어요. 아주 옛날에 젊어지기 전의 레드와 나. 당신이 거기 있었잖아요. 난 그때까지 기억을 못 했……."

"도대체 저게 뭐죠?"

"뭐가요?"

"비행기처럼 커다란 게 지나갔어요."

"아무것도 못 봤는데요."

"뒤에 있었어요. 내가 백미러로 봤어요."

레일라가 고개를 절래절래 흔들었다.

"말이 안 돼요. 우리처럼 시간을 통과해 가면 몇 분의 일 초 정도밖에는 안 보이기 때문에 무의식적으로도 알아차릴 수 없어요. 리브스, 너는 뭔가 감지했니?"

"아뇨."

"그러면 거기……."

랜디가 하늘을 손가락으로 가리켰다.

"저 위에! 다시 왔어요!"

레일라가 몸을 숙이는 바람에 담배가 앞 유리에 부딪혀 꺾였다.

"젠장!" 레일라가 말했다. "마치…… 또 사라졌나 보네."

"드래곤이에요. 동화책에 나오는 그런."

레일라가 다시 자리에 앉았다.

"서둘러요." 레일라가 말했다.

"최대 속력으로 가고 있어요."

그 후 기이한 그림자는 다시 나타나지 않았다. 약 십오 분 후에 그들이 램프 구간을 지났을 때, 레일라가 손을 번쩍 들었다.

"뭔데 그래요?" 랜디가 브레이크를 밟으며 물었다. "저기가 거기예요?"

"아뇨. 순간 그런 줄 알았는데 아니네요. 계속 갑시다. 가까워지는 느낌이 들어요."

그들은 한 시간이 흐르는 동안 출구를 줄줄이 지나쳤다. 출구에는 모두 그림으로 된 표식이 세워져 있었다. 그러다가 끊기지 않고 길게 뻗은 구간이 나왔다. 드디어 저 멀리서 출구가 하나 보였다. 레일라가 몸을 숙여 뚫어지게 쳐다보았다.

"저거예요. 멈춰요. 차 세워요. 블루 지구라트. 바빌론으로 가는 마지막 출구예요. 여기예요."

랜디는 로드의 갓길로 차를 뺐다. 별안간 아침이 되었고 여름의 강렬한 태양처럼 햇빛이 내리쬐고 있었다. 랜디는 창문을 내렸다. 뒤를 돌아보고 주위를 둘러보았다. 그림자가 지나간 것 같았지만 확인도 하기 전에 놓쳐버렸다.

"별다른 건 안 보이네요." 랜디가 말했다. "우리밖에 없는 것 같은데. 자, 이제 어떻게 하죠?"

"우리가 해냈어요. 로드 시간으로 우리가 레드를 앞서 있어요. 이대로 갓길에 있다가 출구로 나가야 해요. 백 미터쯤 올라가다가 진입로에 차를 세우고 옆쪽으로 주차해 길을 막아야죠. 그럼 레드가 차 속도를 줄일 거예요. 그때 우리는 차에서 내려 돌아가 레드를 멈추게 하는 거죠. 반드시 이 출구로 나가지 못하도록 해야 해요."

"잠깐 기다려요." 랜디가 기어를 넣자 리브스가 말했다. "우리가 피하려는 걸 오히려 유발할 위험은 없을까요?"

"제법 예리한데요. 랜디, 조명탄 같은 것 있어요?"

"실은, 갖고 있어요."

"돌아오면서 길에 몇 개 설치합시다. 또 헤드라이트도 켜둬요. 속옷이나 소매 부분 같은 걸 창밖에 매달아 놓고요."

"알았어요."

랜디가 직진하다가 방향을 꺾었다.

레드는 눈을 비비고 오른쪽을 슬쩍 쳐다보았다. 채드윅도 몸을 뒤척이고 있었다.

"속삭임 모드." 레드가 소리를 죽이고 말했다. "얼마나 남았어?"

"거의 다 왔어요. 그래서 당신을 깨운 거예요. 당신의 마법의 장소에 도착하면 어떻게 할 생각이에요?"

레드가 채드윅을 다시 쳐다보았다.

"도착하기 전에 채드윅을 버리고 싶은데. 그의……."

"안 돼!" 채드윅이 똑바로 앉으면서 소리를 꽥 질렀다. "지금 날 떨어뜨릴 순 없어! 이 미친 짓을 끝까지 보고 싶다고!"

"자네의 안전을 위해서라는 말을 하려던 참이었어. 무슨 일이 일어나든지 간에 자네는 벗어나고 싶잖아. 안 그래?"

"난 내가 뭘 하고 있는지 잘 알아. 너보다 낫다고, 이 머저리야! 너의 최후는 아직 오지 않았어."

"그게 무슨 말이야? 자네를 생각해서 그러는 거야. 그런데도 투덜거리기만 하다니! 플라워스! 차 세워!"

채드윅이 잽싸게 손을 뻗어 드라이브 스위치를 자동에서 수동으로 바꿨다. 즉시 차는 왼쪽으로 질주했다. 레드가 핸들을 잡고 반대로 돌렸다.

"미친놈! 우리 둘 다 죽일 작정이야?"

채드윅이 미친 듯이 웃더니 스위치에 손을 뻗는 레드의 팔뚝을 탁 때렸다.

레드가 브레이크를 밟으면서 채드윅을 쳐다보았다.

"잘 들어! 내가 틀렸다면 나중에 널 데리러 올게. 하지만 내 말이 맞으면 넌 한배를 타고 싶지 않을 거라고. 난 이제부터 내 운명을 마주하러 갈 거라고. 난……."

레드가 핸들을 오른쪽으로 꺾기 시작했다. 채드윅이 레드에게 몸을 날려 핸들을 붙잡고 왼쪽으로 다시 힘껏 돌렸다.

"조심해요! 사람들이 있어요!"

레드가 고개를 들자, 레일라가 한 손에 손수건을 들고 양팔을 머리 위로 올려 흔드는 모습이 눈에 들어왔다. 레일라 뒤에 어떤 젊은 남자도 팔을 흔들고 있었다.

그들 곁을 쏜살같이 지나갈 때, 채드윅이 레드의 턱을 스치듯 갈겼다. 레드는 창문틀에 머리를 박았다. 채드윅이 운전대를 다시 잡았다.

"둘 다 그만해요!" 플라워스가 소리쳤다. "누가 스위치 좀 눌러요!"

그들은 펑펑 터지는 조명탄을 지나쳐 갔다. 팔꿈치로 채드윅의 머리를 치는 바람에 채드윅이 자기 자리로 벌렁 나가떨어지면서 레드의 눈에 블루 지구라트 표지판이 들어왔다. 레드는 재빨리 스위치를 자율주행으로 바꾸고 출구로 방향을 틀기 시작했다.

"장애물이 있어요!" 플라워스가 소리치자마자 즉시 브레이크가 잡혔다.

타이어에서 끼익끼익 날카로운 소리가 울렸다. 도로의 왼쪽 땅은 경사가 가파른 내리막이었다. 오른쪽은 그보다 완만했지만 온통 돌멩이로 뒤덮인 황토였다.

레드는 핸들을 왼쪽으로 틀었다. 그런데 핸들이 오른쪽으로 돌아갔다.

"미안해요." 플라워스가 말했다. "우리 중 하나는 틀렸어요. 그게 당신이길 바라요."

부드럽고 무게감이 느껴지는 뭔가가 레드를 폭 감싸기 무섭게 차는 도로를 벗어나 비탈길에 부딪혔다. 차 문이 열리는 소리가 들렸다. 레드는 차 밖으로 내던져졌다.

차에서 떨어져 땅에 부딪히고 데굴데굴 굴러…… 레드는 의식을 잃었다. 시간이 얼마나 흘렀는지 몰랐지만 오래 지난 것 같지는 않았다.

불꽃이 튀는 소리가 들렸다. 멀리서 고함 소리도 들리는 듯했다. 심호흡을 몇 번 했다. 몸을 쭈욱 뻗고 긴장을 풀었다. 어디 부러진 데는 없는 것 같았다…….

레드는 자신을 감싼 고치 안에서 버둥거리며 몸부림쳤다. 그것은 하얗고 질긴 발포성 물질이었다.

고함 소리가 점점 가까워졌다. 한 명 같지 않았는데 뭐라고 하는지 알아듣지는 못했다.

레드는 손을 배에서 가슴 쪽으로 올려 고치 벽을 밀었다. 갈비뼈 왼쪽을 따라 갑자기 통증이 느껴졌다.

눈앞의 고치를 붙잡고 손톱으로 후벼 파서 손가락을 찔러 넣어 끌어당겼다. 고치가 서서히 갈라졌다. 레드는 손가락을 한층 더 깊이 찔러 넣어 더욱 세게 잡아당겼다.

고치가 양쪽으로 쫙 벌어졌다. 레드는 팔을 뻗어 고치를 아래로 끌어내렸다. 어깨가 고치 밖으로 드러나기 시작했고, 레드는 밖으로 꿈틀꿈틀 기어 나왔다. 레일라가 자신의 이름을 부르는 소리가 들렸다. 레일라가 이쪽으로 달려오는 모습이 보였다.

레드가 시선을 돌려 비탈길을 내려다보니 자신의 트럭이 옆으로 넘어간 채 불타고 있었다. 일어서려고 했지만 발이 스폰지 같은 물질에 끼어 풀밭에 다시 주저앉아 웅크리고 말았다. 옆구리가 아직도 욱신거렸다.

"안 돼." 레드가 불타는 트럭을 보며 말했다. "안 돼……."

레드의 어깨에 누군가 손을 얹었다. 레드는 쳐다보지 않았다.

"레드……?"

"안 된다고……." 레드는 같은 말만 반복했다.

저 아래에서 트럭이 갑작스레 불덩이로 변했다. 이윽고 뜨거운 열기가 훅 끼쳐왔다. 랜디가 다가오다가 몇 걸음 남겨두고 멈춰 선 순간, 레드는 왼손을 들었다.

"당신이 저 안에 있었을 수도 ……." 레일라가 말했다.

레드는 손가락을 쫙 펴서 손을 앞으로 뻗었다.

불길은 사그라들었다. 연기가 자욱하게 피어올랐다. 그 안에서 뭔가가 움직이는 듯싶더니 천천히 소용돌이치며 위로 올라갔다.

"저거야." 레드가 말했다. "이제 이해가 가."

연기만 피운 채 타고 있는 트럭 위로 회녹색의 거대한 드래곤이 솟아올랐다.

"시간이 다 된 건 채드윅이었네요." 레일라가 말했다. "당신의 행동은 모두 그를 돕기 위한 거였네요."

레드는 몸을 비틀며 유유히 떠 있는 드래곤에게서 눈을 떼지 않고 고개를 끄덕였다. 드래곤의 행동 하나하나가 우아하고 왠지 모르게 관능미가 느껴졌다. 그것은 자유, 해방, 방종을 상징하는 춤이었다.

돌연 드래곤이 움직임을 멈추더니 그들 쪽으로 시선을 돌렸다. 날개를 활짝 펴고서 그들에게 날아왔다. 가까이 다가오더니 날개를 조절해 주위를 맴돌았다.

"고마워, 얘들아." 성량이 풍부하고 듣기 좋은 목소리였다. "내가 몰랐던 일을 너희들이 나를 위해 해줬구나."

드래곤은 그들 위를 천천히 돌았다.

"비결이 뭐야?" 레드가 물었다. "내가 자네보다 더 많이 기억하고 있었잖아. 난 나 자신을 위한 행동들이라고 생각했는데."

드래곤은 또 다른 검은 형체가 떠 있는 곳을 올려다보았다.

"사건들이란다, 얘야. 사건들, 그리고 그걸 무의식적으로 조작하는 거지." 드래곤이 대답했다. "네게 조언해 주긴 힘들어. 우리는 모두 다르니까. 계속 찾아. 네가 그래야 한다고 느끼면. 너에게는 그게 방법일 거야. 하지만 너의 시간은 아직 오지 않았어. 그때가 되면 어디에서든 도움을 받을 거야. 친구든 적이든 이방인이든 친척이든……. 나는 이제 집으로 가야겠어. 언젠가 다시 만나길 바라자고."

드래곤이 몸을 홱 틀어 아침 햇살을 받으며 떠오르기 시작하자 비늘이 황금 거울처럼 반짝였다. 날개를 천천히 움직이다가 이내 빠르게 퍼덕이면서 위로 높이 날아오르더니 그들이 지켜보는 가운데 멀리 날아갔다. 날개 달린 또 다른 형체가 드래곤 주위를 지나갔다. 이윽고 둘이 함께 시야에서 사라졌다.

레드는 한동안 두 손에 얼굴을 파묻고 있었다. 어느새 바람이 방향을 바꾸었고 차량 타는 냄새가 물큰 풍겨왔다.

"누가 나 좀 데려가 줄래요?" 비탈 아래에서 목소리가 작게 들려왔다. "이 망할 풀때기에 불이 붙기 전에 말이죠."

"플라워스?" 레드는 손을 내리고 천천히 일어서며 말했다.

하지만 젊은 남자가 레드보다 먼저 그곳으로 달려갔다. 남자는 책을 꺼내 비상탈출용 포드에 넣어 비탈을 올라왔다. 레드가 그를 빤히 쳐다보았다.

"레드, 당신 아들 랜디를 소개할게요." 레일라가 말했다.

레드가 얼굴을 찡그렸다.

"어디서 왔나?"

"20C 클리블랜드요."

"설마, 자네…… 블레이크? 아니면 카르타고?"

"맞아요. 하지만 지금은 도라킨을 써요."

레드는 앞으로 걸어 나와 랜디의 어깨를 잡고 눈을 지그시 들여다보았다.

"그랬지, 정말 그랬지. 그렇게 해도 좋아. 여기서 뭐 하는 거지?"

"당신을 찾고 있었어요. 리브스가 길을 알려줬고, 그다음에 레일라를 만났죠……."

"분위기 깨고 싶지 않지만," 레일라가 말했다. "누가 오기 전에 저 차를 저쪽으로 옮기는 게 좋겠어요."

"그러죠."

그들은 로드 출구로 이어진 진입로 쪽으로 되돌아갔다.

"저기, 제가 뭐라고 불러야 할까요? 아버지라고 부를까요?"

"레드. 그냥 레드라고 해." 레드는 레일라를 바라보았다. "머리가 갑자기 맑아졌어. 안개 비슷한 게 말끔히 사라진 것 같아."

"그게 마지막 블랙 버드였어요."

"있잖아, 저게 나였다면 여기서 랜디를 못 만났을 거야."

"맞아요."

"우르*에 가서 맥주 한잔해요. 우르에는 항상 맛있는 맥주가 있거든요."

"좋아요." 랜디가 말했다. "묻고 싶은 게 참 많아요."

"당연하지. 나도 묻고 싶은 게 너무 많아. 그리고 우리는 계획을 세워야 하거든."

"계획요?"

"응. 내가 봤을 땐 그리스인이 마라톤에서 이겨야 해."

"이겼어요."

"뭐라고?"

"역사책에 그렇게 나와 있어요."

"네가 20C에서 차를 탔다고 했지. 어디였니?"

"아크론 근처요."

"왔던 길을 되짚어갈 수 있겠어?"

"할 수 있을 것 같아요."

"해보자! 잠깐! 먼저 마라톤에 들려서 득점표부터 확인하고. 뭔가 새로운 요인이 작용했을지 몰라."

"레드?"

"왜?"

---

* 이라크 남부 유프라테스강 가까운 곳에 있던 수메르의 도시국가.

"무슨 얘기를 하고 있는 건지 모르겠네요."

"괜찮아. 나중에 설명해 줄게……."

"몬다메이가 날 찾으러 올 거예요." 플라워스가 끼어들었다. "메시지를 남겨두는 게 좋겠어요."

레드가 뚜두둑 손가락을 꺾었다.

"알았어. 너희는 차를 옮겨. 난 곧 갈 테니까."

레드는 옆구리를 잡고 비탈면을 터벅터벅 내려갔다. 뜨겁고 구부러진 금속 덩어리를 주워 아직도 타고 있는 픽업트럭의 찌그러진 문에 대고 '우르에서 점심 먹는다. - 레드'라고 썼다.

"레드 주위에서는 항상 현실이 좀 동떨어져 보이나요?" 랜디가 물었다.

"이상한 걸 전혀 눈치 못 챘어요." 레일라는 호주머니를 톡톡 치더니 어깨를 으쓱하고는 작은 불꽃을 뿜어 담배에 불을 붙이고는 말했다. "지난번 화재 소동 때까진요. 하지만 지금은 본래의 그 자신으로 돌아온 것 같네요."

"일찍이 아무도 본 일 없는, 어렴풋하고 아득한 그 무서운 풍경의 환영이 오늘 아침 나를 사로잡는다…….*" 플라워스

---

* 『악의 꽃』에 수록된 「파리의 꿈」을 인용.

가 읊조렸다. "아마 나도 드래곤이겠죠. 내가 책인 줄로만 아는 게 그저 꿈인 거죠."

"난 네가 충분히 그럴 수 있다고 봐." 레일라가 차에 올라타며 말했다. "리브스, 봐, 플라워스가 왔어."

잡음이 두 배로 심하게 터져 나왔다.

11C 아비시니아의 산속 요새에서 티민 틴은 두 연인을 가만히 쳐다보았다.

티라노사우루스 옆에 바싹 붙어 있는 챈트리스는 붕대를 칭칭 감은 티라노사우루스의 머리와 등을 날개 끝으로 쓰다듬었다.

"가여워라. 이제 좀 낫죠?"

티라노사우루스는 살며시 칭얼거리면서 챈트리스에게 기댔다.

"멋진 은신처를 사용하게 해줘서 고마워요." 챈트리스는 몬다메이에게 인사했다. 몬다메이는 폐허가 된 채드윅의 건물에 묻혀 있던 그들을 구해냈다. "그리고 당신, 작은 사람, 우리를 여기로 옮겨와 줘서 고마워요."

티민 틴이 허리를 푹 숙여 고마움에 답했다.

"벨크니스의 드래곤을 섬기는 건 제게 분에 넘치는 대단한 영광이죠. 이곳이 마음에 드신다니 아무쪼록 여기서 기쁨을 누리시길 바랍니다."

티라노사우루스가 몇 번인가 신음 소리를 냈다. 드래곤은 깔깔 웃으며 그를 어루만졌다.

"그는 머리가 그다지 좋지는 않아요." 챈트리스가 털어놨다. "하지만 이 끝내주는 몸 좀 보세요!"

"만족해하시니 저도 기쁩니다." 몬다메이가 말했다. "여기서 더없는 행복을 만끽하고 계세요. 저는 이제부터 로드를 따라 내 사랑을 찾으러 가야 하거든요. 이 자객이 선뜻 저를 돕는다고 했죠. 이후에 우리는 함께 도자기를 빚고 꽃을 가꿀 겁니다. 티민 틴, 준비됐으면 내 등에 올라타시오."

"그렇다면," 챈트리스가 흐릿한 연기를 내뿜으며 말했다. "블루 지구라트의 표지판 근처에 있는 바빌론으로 가는 마지막 출구 주변을 확인해 보세요. 우리 드래곤들은 정보를 손에 넣는 독특한 경로가 있거든요."

"고맙습니다." 몬다메이가 말하자, 티민 틴이 몬다메이의 등에 올라타 어깨를 움켜잡았다.

공중으로 솟구치자 그들의 날카로운 웃음소리와 우렁찬

고함 소리가 발아래 계곡을 가득 채웠다.

우르의 어느 흙벽돌 건물에서 현지인 복장을 한 레드와 레일라와 랜디는 옹기에 든 지역 맥주를 마시며 앉아 있었다. 그때 비슷한 옷차림을 한 피부가 거무스름하고 체격이 다부진 남자가 다가왔다.

"랜디?"

그들은 일제히 고개를 들었다.

"토바!" 랜디가 말했다. "제가 맥주 한잔 빚졌죠. 앉으세요. 레일라 기억나죠? 우리 아버지 레드 도라킨을 아세요?"

"대충 알죠." 토바가 악수하며 말했다. "당신 아버지라고요? 이런, 세상에!"

"우르에서 뭐 하고 있어요?"

"난 원래 이 지역 출신이에요. 지금은 일을 쉬고 있어요. 고향으로 돌아와서 사람들도 만나고 내 일을 준비하려고요."

랜디는 자루를 몇 포대 벽에 기대 세워둔 한쪽 구석에 눈길을 주며 고개를 끄덕였다.

"무슨 일을 하죠?" 레드가 술병을 내려놓고 입을 훔치면서 물었다.

"아, 난 로드를 한 60C쯤 올라간 곳에서 고고학자로 있어요. 몇 개 좀 땅에 묻으려고 가끔 다시 여기로 오죠. 그리고 올라가서 다시 발굴하는 거예요. 실은, 관련 논문도 이미 썼어요. 문화 확산에 관한 내용으로, 제법 흥미로운 글이죠. 이번에는 모헨조다로*에서 기가 막힌 유물을 좀 가져왔어요."

"그건…… 좀…… 일종의 사기 아닌가요?" 랜디가 말했다.

"무슨 말이죠?"

"그런 식으로 묻어두면…… 고고학 기록을 엉망으로 만드는 거잖아요."

"에이, 아니죠. 말했듯이 난 여기 출신이에요. 게다가 유물이 발견되는 건 정말 육천 년 뒤인걸요."

"하지만 그건 우르와 모헨조다로에 대한 사람들의 생각을 왜곡시키는 게 아닐까요?"

"그렇지 않아요. 저 구석에서 같이 술을 마시던 사람은 모헨조다로 출신이에요. 1939년에 개최된 세계 박람회에서 처음 만났죠. 그때부터 그 사람과 거래를 많이 했어요."

"참으로…… 기이한…… 직업이네요." 랜디가 말했다.

토바가 어깨를 으쓱했다.

"생계 수단이죠." 토바가 말했다. "레드, 당신이 살아 있는 걸 보니 기쁘군요."

---

* 파키스탄의 인더스강 하류 지역에 있는 고대 유적지.

레드가 웃었다.

"그건 직업이죠." 레드가 말했다. "사실, 우리가 얘기하고 있던……."

어디선가 프랑스 시골 하늘에서 붉은 남작*과 생텍쥐페리가 한바탕 공중전을 펼치고 있었다. 하늘에서 싸우는 그들의 모습이 요한의 눈에 마치 투쟁하는 십자가처럼 보였다…….

몸집이 작은 남자가 파란색 픽업트럭이 전복되어 불타기 시작하는 광경을 목격하고 자신의 검정 폭스바겐을 세웠다. 그는 잠시 그 모습을 지켜보다가 차를 몰고 계속 갔다…….

오직 권위 있고 슬기로운, 위대한 드래곤들만이 로드맵을 꿈에서 보며 벨크니스 상공에 유유히 떠 있다.

아크로폴리스 계단에 전령이 푹 쓰러졌다. 그는 죽기 전에 마라톤의 소식을 전했다.

---

* 제1차 세계대전에서 독일군의 격추왕으로 활약한 만프레트 폰 리히트호펜 남작(1892~1918).

로드마크

초판 1쇄 발행 | 2022년 5월 25일

글쓴이 | 로저 젤라즈니
옮긴이 | 박은진

펴낸이 | 조미현
책임편집 | 황정원
디자인 | 씨오디

펴낸곳 | (주)현암사
등록 | 1951년 12월 24일 제10-126호
주소 | 04029 서울시 마포구 동교로12안길 35
전화 | 02-365-5051
팩스 | 02-313-2729
전자우편 | dalda@hyeonamsa.com
홈페이지 | www.hyeonamsa.com
페이스북 | www.facebook.com/hyeonami
블로그 | blog.naver.com/hyeonamsa

ISBN 978-89-323-2211-7 03840

* 책값은 뒤표지에 있습니다. 잘못된 책은 바꾸어 드립니다.

* 달다(DALDA)는 (주)현암사의 장르소설 브랜드입니다.